AF186391

Tucholsky   Wagner   Zola   Scott
Turgenev   Wallace   Fonatne Sydow   Freud   Schlegel

Twain   Walther von der Vogelweide   Fouqué   Friedrich II. von Preußen
               Weber   Freiligrath   Frey
Fechner   Fichte Weiße Rose von Fallersleben Kant   Ernst
                                                  Richthofen   Frommel
          Engels   Fielding   Hölderlin
Fehrs   Eichendorff   Tacitus   Dumas
         Faber   Flaubert
      Maximilian I. von Habsburg Fock   Eliasberg   Ebner Eschenbach
Feuerbach   Eliot   Zweig
                Ewald   Vergil
      Goethe   Elisabeth von Österreich   London
Mendelssohn Balzac   Shakespeare
         Trackl   Lichtenberg   Rathenau   Dostojewski   Ganghofer
Mommsen   Stevenson   Tolstoi   Doyle   Gjellerup
        Thoma   Lenz   Hambruch
Dach   Verne   von Arnim   Hägele   Hanrieder   Droste-Hülshoff
         Reuter   Hauff   Humboldt
   Karrillon   Rousseau   Hagen
         Garschin   Hauptmann   Gautier
      Damaschke   Defoe   Hebbel   Baudelaire
                 Descartes
Wolfram von Eschenbach   Schopenhauer   Hegel   Kussmaul Herder
         Darwin   Dickens   Rilke   George
   Bronner   Melville   Grimm Jerome   Bebel
   Campe   Horváth   Aristoteles   Proust
Bismarck   Vigny   Barlach   Voltaire   Federer
                Gengenbach   Heine   Herodot
Storm   Casanova   Tersteegen   Gilm Grillparzer Georgy
        Chamberlain   Lessing   Langbein   Gryphius
Brentano   Lafontaine
Strachwitz   Claudius   Schiller   Kralik Iffland Sokrates
      Katharina II. von Rußland   Bellamy Schilling
                         Gerstäcker   Raabe   Gibbon   Tschechow
Löns   Hesse   Hoffmann   Gogol   Wilde   Vulpius
Luther Heym   Hofmannsthal   Gleim
       Roth   Klee   Hölty   Morgenstern   Goedicke
       Heyse   Klopstock   Kleist
Luxemburg   Puschkin   Homer
          La Roche   Horaz   Mörike   Musil
   Machiavelli   Kierkegaard   Kraft   Kraus
Navarra Aurel   Musset
Nestroy Marie de France   Lamprecht Kind   Kirchhoff Hugo   Moltke
        Nietzsche   Nansen   Laotse   Ipsen   Liebknecht
              Marx   Ringelnatz
von Ossietzky   Lassalle   Gorki   Klett   Leibniz
         May   vom Stein Lawrence   Irving
Petalozzi
      Platon   Pückler   Michelangelo   Knigge   Kafka
Sachs   Poe   Liebermann   Kock
    de Sade Praetorius   Mistral   Zetkin   Korolenko

Der Verlag tredition aus Hamburg veröffentlicht in der Reihe TREDITION CLASSICS Werke aus mehr als zwei Jahrtausenden. Diese waren zu einem Großteil vergriffen oder nur noch antiquarisch erhältlich.

Symbolfigur für TREDITION CLASSICS ist Johannes Gutenberg (1400 — 1468), der Erfinder des Buchdrucks mit Metalllettern und der Druckerpresse.

Mit der Buchreihe TREDITION CLASSICS verfolgt tredition das Ziel, tausende Klassiker der Weltliteratur verschiedener Sprachen wieder als gedruckte Bücher aufzulegen – und das weltweit!

Die Buchreihe dient zur Bewahrung der Literatur und Förderung der Kultur. Sie trägt so dazu bei, dass viele tausend Werke nicht in Vergessenheit geraten.

Die Entmündigung

Honoré de Balzac

Impressum

Autor: Honoré de Balzac
Übersetzung: Hugo Kaatz
Umschlagkonzept: toepferschumann, Berlin

Verlag: tredition GmbH, Hamburg
ISBN: 978-3-8424-6779-8
Printed in Germany

Ziel der TREDITION CLASSICS ist es, tausende deutsch- und
fremdsprachige Klassiker wieder in Buchform verfügbar zu
machen. Die Werke wurden eingescannt und digitalisiert. Dadurch
können etwaige Fehler nicht komplett ausgeschlossen werden.
Unsere Kooperationspartner und wir von tredition versuchen, die
Werke bestmöglich zu bearbeiten. Sollten Sie trotzdem einen Fehler
finden, bitten wir diesen zu entschuldigen. Die Rechtschreibung der
Originalausgabe wurde unverändert übernommen. Daher können
sich hinsichtlich der Schreibweise Widersprüche zu der heutigen
Rechtschreibung ergeben.

Text der Originalausgabe

Honoré de Balzac

Die Entmündigung

L'Interdiction

Im Jahre 1828 kamen gegen ein Uhr morgens zwei Personen aus einem in der Rue du Faubourg-Saint-Honoré nahe beim Elysée Bourbon gelegenen Hause: der eine war ein berühmter Arzt, Horace Bianchon, der andere einer der elegantesten Männer von Paris, der Baron von Rastignac, beide seit langer Zeit miteinander befreundet. Jeder hatte seinen Wagen zurückgeschickt, und auf dem Faubourg war keiner zu finden; aber die Nacht war schön und das Pflaster trocken.

»Gehen wir zu Fuß bis zum Boulevard«, sagte Eugen von Rastignac zu Bianchon, »du kannst dann beim Klub einen Wagen nehmen; dort stehen welche bis frühmorgens. Dann kannst du mich bis zu mir begleiten.«

»Gern.«

»Nun, mein Lieber, wie denkst du über die Sache?«

»Über diese Frau?« erwiderte der Doktor kühl.

»An deiner Antwort erkenne ich meinen Bianchon«, rief Rastignac.

»Weshalb denn?«

»Weil du von der Marquise d'Espard wie von einer Kranken sprichst, die ins Krankenhaus soll.«

»Willst du wissen, wie ich darüber denke, Eugen? Wenn du Frau von Nucingen um dieser Marquise willen verläßt, so wirst du dein einäugiges Pferd gegen ein blindes eintauschen.«

»Frau von Nucingen ist sechsunddreißig, Bianchon.«

»Und die andere fünfunddreißig«, erwiderte der Doktor lebhaft.

»Ihre bittersten Feindinnen gestehen ihr nur sechsundzwanzig zu.«

»Wenn du ein Interesse daran hast, mein Lieber, das Alter einer Frau zu erfahren, dann sieh dir ihre Schläfen und ihre Nasenspitze an. Was auch die Frauen mit ihren kosmetischen Mitteln anfangen mögen, sie können diese untrüglichen Zeugen ihres bewegten Lebens nicht verwischen. Hier hat jedes weitere Jahr sein Mal hinterlassen. Wenn die Schläfen einer Frau gewissermaßen mürbe, runz lig und welk geworden sind, wenn sich an ihrer Nasenspitze jene kleinen Pünktchen zeigen, die den kaum wahrnehmbaren dunklen Stückchen in den Londoner Kaminen, in denen Steinkohle gebrannt wird, gleichen, dann kannst du sicher sein, daß die Frau die Dreißig überschritten hat. Mag sie schön, mag sie liebeglühend, mag sie alles sein, was du willst: sie wird über dreißig Jahr, und sie wird reif geworden sein. Ich mache denen keinen Vorwurf, die sich an solche Frauen hängen; nur darf ein so vornehmer Mann wie du nicht eine Februarreinette mit einem kleinen Birnenapfel verwechseln, der ihn von seinem Zweige anlacht und angebissen zu werden wünscht. Die Liebe sieht niemals im Zivilstandsregister nach; niemand liebt eine Frau, weil sie soundso alt ist, weil sie schön oder häßlich, dumm oder geistreich ist: man liebt, weil man eben liebt.«

»Nun, ich, ich liebe aus vielen andern Gründen. Sie ist eine Marquise d'Espard, sie ist eine geborene Blamont-Chauvry, sie ist in Mode, sie hat einen ebenso hübschen Fuß wie die Herzogin von Berry, sie besitzt vielleicht hunderttausend Franken Rente, und eines Tages werde ich sie vielleicht heiraten, kurz, – sie soll meine Schulden bezahlen!«

»Ich hielt dich für reich«, unterbrach Bianchon Rastignac.

»Bah, ich besitze fünfzehntausend Franken Rente, genau das, was ich für meinen Stall brauche. Ich war in die Affäre des Herrn von Nucingen verwickelt, mein Lieber, ich werde dir die Sache mal erzählen. Ich habe meine Schwestern verheiratet, das ist der sicherste Gewinn, den ich gemacht habe, seit wir uns gesehen haben; und daß ich sie untergebracht habe, das ist mir lieber, als wenn ich hunderttausend Taler Rente hätte. Aber was soll jetzt aus mir werden? Ich besitze Ehrgeiz. Was kann ich durch Frau von Nucingen erreichen? Noch ein Jahr so weiter, dann bin ich numeriert und registriert wie ein verheirateter Mann. Ich habe alle Unannehmlichkeiten der Ehe und des Zölibats, ohne die Vorteile der einen oder des andern zu besitzen, eine fatale Situation, in die alle kommen, die zu lange an demselben Rock hängen.«

»Und glaubst du hier die Elster im Nest zu finden?« sagte Bianchon. »Deine Marquise gefällt mir durchaus nicht.«

»Deine liberalen Ansichten machen dich blind. Wenn Madame d'Espard eine Frau Rabourdin wäre...«

»Höre, mein Lieber, adlig oder bürgerlich, sie wird immer seelenlos bleiben, immer der vollendetste Typ des Egoismus. Glaube mir, wir Ärzte sind gewöhnt, die Menschen und die Dinge zu beurteilen; die Geschicktesten von uns lassen die Seele beichten, wenn sie den Körper beichten lassen. Trotz des hübschen Boudoirs, trotz des Luxus in diesem Hause wäre es möglich, daß die Frau Marquise Schulden hätte.

»Wie kommst du zu dieser Ansicht?«

»Ich behaupte es nicht, ich nehme es nur an. Sie sprach von ihrer Seele wie der selige Ludwig XVIII. von seinem Herzen. Höre! Diese gebrechliche Frau mit ihrem weißen Teint und ihrem kastanienbraunen Haar, die klagt, um sich beklagen zu lassen, hat eine eiserne Gesundheit, einen Wolfsappetit und die Kraft und die Feigheit eines Tigers. Niemals haben Gaze, Seide und Musselin eine Verlogenheit geschickter umwickelt! Ecco.«

»Du erschreckst mich, Bianchon! Hast du denn so vieles erfahren seit unserm Aufenthalt in der Pension Vauquer?«

»Ja, seit dieser Zeit, mein Lieber, habe ich Marionetten, Puppen und Hampelmänner zu sehen bekommen! Ich verstehe mich ein wenig auf diese schönen Damen, deren Körper wir behandeln, und auf das, was ihnen am kostbarsten erscheint, ihr Kind, wenn sie es lieben, oder ihr Gesicht, in das sie immer verliebt sind. Man verbringt seine Nächte an ihrem Bette, man quält sich ab, um die geringste Bedrohung ihrer Schönheit von ihnen fernzuhalten, wo es auch sei; und wenn es einem gelungen ist, und wenn man ihr Geheimnis bewahrt, als ob man tot wäre, dann lassen sie sich ihre Rechnung schicken und finden sie schrecklich teuer. Wer hat ihnen geholfen? Die Natur! Fern davon, einen zu rühmen, reden sie Schlechtes über einen und fürchten, uns als Arzt ihren Freundinnen zu empfehlen. Diese Frauen, mein Lieber, von denen ihr sagt: ›Das sind Engel‹! die habe ich ohne ihr Gehabe, mit dem sie ihr Inneres verschleiern, gesehen, ebenso wie ohne ihren Putz, hinter dem sie ihre Unvollkommenheiten verstecken, ohne alle Künstelei und ohne Korsett. Sie sind nicht schön. Wir haben viel Sand und viel Schmutz unter der Flut der Gesellschaft entdeckt, als wir an dem Felsen des Hauses Vauquer saßen; was wir gesehen haben, das war nichts. Seitdem ich in der vornehmen Gesellschaft verkehre, bin ich in Seide gekleideten Ungeheuern begegnet, Michonneaus in weißen Handschuhen, mit Orden behängten Poirets und Grandseigneurs, die geschickter wucherten als der alte Gobseck! Zur Schande der Menschheit sei es gesagt: wenn ich der Tugend die Hand reichen wollte, dann habe ich sie fröstelnd unterm Dachboden gefunden, verfolgt von Verleumdungen, ihr Leben mit fünfzehnhundert Franken Rente oder Einkünften fristend und für verrückt oder für ein Original oder für ein Vieh geltend. Deine Marquise, mein Lieber, ist schließlich eine der Frauen in Mode, und mir ist gerade diese Sorte Weiber entsetzlich. Und willst du wissen, weshalb? Eine Frau mit hoher Seele, reinem Geschmack, sanftem Wesen und reichem Herzen, die ein einfaches Leben führt, hat auch nicht die geringste Chance, in Mode zu kommen. Daraus zieh deine Schlüsse. Eine Frau in Mode und ein Mann der Regierung sind Analogien, aber annähernd mit dem Unterschiede, daß die Eigenschaften, die den Mann über die anderen erheben, ihn groß und berühmt machen, während die Eigenschaften, vermöge deren eine Frau zu ihrer vorübergehenden Herrschaft gelangt, schreckliche Laster sind: sie wird unnatürlich, um ihr Wesen zu verbergen; sie muß, um ihren Kampf in der Gesellschaft durchzuführen, unter einem gebrechlichen Äußern eine eiserne Gesundheit besitzen. Als Arzt weiß ich, daß ein guter Magen ein gutes Herz ausschließt. Deine Frau in Mode empfindet nichts, ihre Vergnügungswut beruht auf dem Wunsche, ihre kühle Natur zu erhitzen, sie verlangt nach Erregungen und Genüssen wie ein Greis, der an der Rampe der Oper Spalier steht. Da sie mehr Verstand als Gemüt besitzt, opfert sie ihrem Triumphe ihre echte Leidenschaft und ihre Freunde, wie ein General seine treuesten Leutnants ins Feuer schickt, um eine Schlacht zu gewinnen. Die moderne Frau ist keine Frau mehr: sie ist weder Mutter, noch Gattin, noch Geliebte; ihr Geschlecht sitzt in ihrem Gehirn, medizinisch gesprochen. So zeigt auch deine Marquise alle Anzeichen ihrer Ungeheuerlichkeit, sie hat den Schnabel eines Raubvogels und den klaren kalten Blick; sie ist so glatt wie der Stahl einer Maschine, sie erregt alles, nur nicht das Herz.«

»Es liegt etwas Wahres in dem, was du sagst, Bianchon.«

»Etwas Wahres!« entgegnete Bianchon, »alles ist wahr! Glaubst du denn, daß ich nicht bis ins Innerste durch die beleidigende Höflichkeit getroffen wurde, mit der sie mich die ideale Distanz zwischen dem Adel und uns empfinden ließ? Daß mich nicht ein tiefes Mitleid ergriff mit ihren katzenartigen Schmeicheleien, wenn ich dabei an ihren Zweck dachte? In einem Jahre würde sie auch nicht ein Wort schreiben, um mir den geringsten Dienst zu leisten, und heute abend hat sie mich mit ihrem Lächeln überhäuft, weil sie glaubte, daß ich auf meinen Onkel Popinot Einfluß hätte, von dem es abhängt, ob sie ihren Prozeß gewinnt ...«

»Wäre es dir angenehmer gewesen, mein Lieber, wenn sie sich schlecht gegen dich benommen hätte? Ich habe nichts gegen deine Katilinarede über die modernen Frauen; aber du stehst ja hier nicht in Frage. Ich würde immer als Frau eine Marquise d'Espard dem keuschesten, verständigsten, liebevollsten Wesen der Erde vorziehen. Wenn man einen Engel heiratet, dann muß man sich mit seinem Glück weit weg auf dem Lande vergraben. Die Frau eines Politikers ist eine Maschine der Regierung, ein Mechanismus mit schönen Komplimenten und Verbeugungen, sie ist das erste und treueste Instrument, dessen sich ein Ehrgeiziger bedient; und schließlich ist sie ein Freund, der sich ohne Gefahr kompromittieren und den man ohne weiteres desavouieren kann. Denke dir Mohammed im Paris des neunzehnten Jahrhunderts: seine Frau würde eine Rohan sein, klug und schmeichlerisch wie eine Gesandtin, listenreich wie Figaro. Deine Frau voll Liebe führt zu nichts, eine Frau der großen Gesellschaft zu allem, sie ist der Diamant, mit dem ein Mann alle Fensterscheiben durchschneiden kann, wenn er nicht den goldenen Schlüssel besitzt, vor dem sich alle Türen öffnen. Den Bourgeois bleiben alle bourgeoisen Tugenden, den Ehrgeizigen die Laster des Ehrgeizes. Meinst du übrigens, mein Lieber, daß die Liebe einer Herzogin von Langeais oder Maufrigneuse, einer Lady Dudley nicht auch ungeheures Vergnügen verheißt? Wenn du wüßtest, welchen Reiz die kühle strenge Haltung dieser Frauen dem geringsten Beweis ihrer Zuneigung verleiht! Welche Freude es ist, eine Anemone sich unter dem Schnee aufrichten zu sehen! Ein Lächeln hinter dem Fächer straft die Zurückhaltung einer gezwungenen Haltung Lügen und ist mehr wert als alle rückhaltlosen Zärtlichkeiten deiner Bourgeoisen mit ihrer theoretischen Hingebung; in der Liebe ist Hingebung sehr nahe an einer Spekulation. Und dann hat auch eine in Mode gekommene Frau, eine Blamont-Chauvry ihre

Vorzüge: das Vermögen, die Macht, den Glanz und eine gewisse Verachtung für alles, was unter ihr steht...«

»Danke«, sagte Bianchon.

»Mein alter Bonifazius!« entgegnete Rastignac lachend. »Benimm dich doch nicht so alltäglich, mach es wie dein Freund Desplein: werde Baron, Ritter vom Orden des heiligen Michael, Pair von Frankreich und verheirate deine Töchter mit Herzögen.«

»Ich? da sollen mich fünfhunderttausend Teufel...«

»Wie denn, bist du nur in der Medizin den andern überlegen? Wahrhaftig, du tust mir leid.«

»Ich hasse diese Sorte Menschen, ich wünschte mir eine Revolution, die uns für immer von ihnen befreit.«

»Also, mein lieber Robespierre von der Lanzette, du wirst morgen nicht zu deinem Onkel Popinot gehn?«

»Doch,« sagte Bianchon, »wenn es sich um dich handelt, würde ich Wasser aus der Hölle holen...« »Mein lieber Freund, du bist rührend; ich habe geschworen, daß der Marquis enteignet werden soll! Ich finde noch eine alte Träne im Auge, um dir zu danken.«

»Aber«, fuhr Horace fort, »ich kann dir nicht versprechen, daß ich mit eurem Verlangen bei Jean-Jules Popinot durchdringen werde, du kennst ihn noch nicht; ich werde ihn jedenfalls übermorgen zu deiner Marquise bringen, wenn sie kann, mag sie ihn einwickeln. Aber ich zweifle daran. Mit allen Trüffeln, allen Herzoginnen, allen Poularden und allen Messern der Guillotine vermöchte sie nicht ihn zu verführen; der König könnte ihm die Pairschaft, der liebe Gott ihm die Einsetzung ins Paradies und die Erlösung aus dem Fegefeuer versprechen: keine von diesen Mächten würde es von ihm erreichen, daß er auch nur einen Strohhalm von einer Seite auf die andere der Wage des Rechts lege. Er ist Richter, wie der Tod der Tod ist.« Die beiden Freunde waren vor dem Ministerium des Auswärtigen angelangt, an der Ecke des Boulevard des Capucines.

»Hier bist du zu Hause«, sagte Bianchon lachend. »Und hier ist mein Wagen«, fügte er hinzu und zeigte auf einen Fiaker. »So läßt sich für jeden von uns die Zukunft zusammenfassen.«

»Du wirst tief unten im Wasser zufrieden sein, während ich immer auf der Oberfläche mit den Stürmen kämpfen werde, bis ich, scheiternd, einen Platz in deiner Grotte verlange, mein Alter!«

»Also auf Sonnabend«, versetzte Bianchon.

»Abgemacht«, sagte Rastignac. »Und du versprichst mir Popinot?«

»Ja, ich werde alles tun, was mir mein Gewissen erlaubt. Vielleicht verbirgt sich hinter diesem Antrag auf Entmündigung irgendein kleines ›Dramorama‹, um uns mit einem Wort an unsre alte gute Zeit zu erinnern.«

›Armer Bianchon! Er wird immer nur ein Ehrenmann bleiben‹, sagte sich Rastignac, als er den Wagen fortfahren sah.

›Rastignac hat mir da das schwierigste von allen Geschäften aufgetragen‹, sagte sich Bianchon, als er sich beim Aufstehen an die zart zu behandelnde Angelegenheit erinnerte, die ihm anvertraut war. ›Aber ich habe ja noch nie von meinem Onkel den geringsten richterlichen Beistand verlangt und habe doch mehr als tausend Krankenbesuche gratis für ihn gemacht. Und im übrigen genieren wir uns nicht vor einander. Er wird ja oder nein sagen, und damit ist alles erledigt.

Nach diesem kleinen Monolog begab sich der berühmte Arzt um sieben Uhr morgens in die Rue du Fouarre, wo Herr Jean-Jules Popinot, Richter am Tribunal erster Instanz des Seinedepartements, wohnte. Die Rue du Fouarre, womit früher die Rue de la Paille bezeichnet wurde, war im dreizehnten Jahrhundert die berühmteste Straße von Paris. Hier befanden sich die Hochschulen der Universität, als die Stimmen Abailards und Gersons in der gelehrten Welt Widerhall fanden. Heute ist sie eine der schmutzigsten Straßen des zwölften Bezirks, des ärmsten Viertels von Paris, desjenigen, wo zwei Drittel der Bevölkerung im Winter kein Holz haben, das die meisten Findelkinder im Kinderasyl aussetzt, die meisten Kranken ins Krankenhaus schickt, die meisten Bettler auf die Straße sendet, das die meisten Lumpensammler an den Straßenecken hat, wo die meisten alten Kranken an den Mauern entlang nach einem bißchen Sonne suchen, wo die meisten Arbeitslosen auf den Plätzen zu finden sind und die meisten Haftbefehle der Zuchtpolizei ergehen.

Mitten in dieser immer feuchten Straße, deren Rinnsteine aus verschiedenen Färbereien ihr schmutziges Wasser in die Seine abfließen lassen, steht ein altes, jedenfalls unter Franz I. restauriertes Haus aus Bruchsteinen, die von Reihen geschnittener Steine festgehalten werden. Seine Haltbarkeit scheint durch sein äußerliches Aussehen gewährleistet zu sein, wie es nicht selten an manchen Pariser Häusern wahrzunehmen ist. Wenn man das Wort wagen darf, hat es gewissermaßen einen Bauch, der sich durch die Ausbuchtung seines ersten Stockwerkes ergibt, das durch das Gewicht des zweiten und dritten Stockwerkes gedrückt, aber von der starken Mauer des Erdgeschosses gehalten wird. Beim ersten Blick scheinen die Flächen zwischen den Fenstern, wenn sie auch durch ihre Umrahmungen aus geschnittenen Steinen festgehalten werden, auseinanderzuplatzen; aber ein Beobachter bemerkt bald, daß es mit diesem Hause sich wie mit dem Turm von Bologna verhält: die alten Ziegel und die alten verwitterten Steine bewahren unüberwindlich ihr altes Gleichgewicht. Zu jeder Jahreszeit zeigen die festen Lagen des Erdgeschosses die gelbliche und unmerklich schwitzende Farbe, die die Feuchtigkeit dem Stein mitteilt. Dem Passanten wird kalt, wenn er die Mauer entlang geht, wo die gerundeten Steine ihn schlecht vor den Rädern der Kabrioletts behüten. Wie bei allen Häusern, die vor der Erfindung der Wagen gebaut wurden, bildet die Toröffnung einen außerordentlich niedrigen Bogen, ähnlich dem an einer Gefängnistür. Rechts von diesem Tor befinden sich drei Fenster, außen mit Gittern aus eisernen Maschen bekleidet, die so eng stehen, daß es Neugierigen unmöglich ist, die Bestimmung der feuchten düsteren Zimmer zu erraten, dort hinter den schmutzigen und staubigen Fensterscheiben; links stehen zwei ähnliche Fenster, von denen eins, das manchmal geöffnet ist, den Portier nebst Frau und Kindern sehen läßt, die herumwimmeln, arbeiten, kochen, essen und schreien inmitten eines Zimmers, das gedielt und mit Holz verschlagen ist, wo alles in Fetzen zerfällt und in das man auf zwei Stufen hinabsteigt: ein Zeichen für die allmähliche Erhöhung des Pariser Pflasters. Wenn an einem Regentage ein Passant in der langen Halle mit hervorspringenden weißgekalkten Balken untertritt, der von der Tür zur Treppe führt, ist er genötigt, das Bild des Innern dieses Hauses zu betrachten. Links befindet sich ein quadratisches Gärtchen, das nur vier Schritte nach jeder Richtung hin zu machen gestattet, ein Garten mit schwarzer Erde, mit

Gittern ohne Weinreben, wo er mangels einer Vegetation, im Schatten zweier Bäume, auf Papier, alte Wäsche, Scherben und Schutt des Daches stößt; ein unfruchtbares Stück Land, wo mit der Zeit sich auf den Mauern, den Baumstämmen und Ästen ein staubiger Abguß, ähnlich wie kalter Schweiß, abgelagert hat. Die beiden rechtwinklig stehenden Flügel des Hauses erhalten ihr Licht von diesem Gärtchen, das von zwei benachbarten, wie Taubenschläge gebauten, verfallenen und von Einsturz bedrohten Nachbarhäusern umgeben ist, wo man in jedem Stockwerk irgendein groteskes Zeichen des vom Mieter ausgeübten Handwerkes sieht. Hier tragen lange Stangen riesige Flächen gefärbter Leinewand, die trocknet; dort flattern an Stricken gewaschene Hemden; darüber zeigen Bücherreihen auf einem Brett ihren frisch marmorierten Einband; die Frauen singen, die Männer pfeifen, die Kinder schreien; der Tischler sägt Bretter, ein Kupferdrechsler läßt sein Metall knirschen; alle Arten Handwerk bringen zusammen einen Lärm zustande, den die Menge der Instrumente fürchterlich macht. Der Grundstil in der inneren Ausstattung dieses Durchgangs, der weder Hof noch Garten, noch Torweg ist und doch etwas von all diesen Dingen hat, besteht in hölzernen Pfeilern, die auf Steinklötzen stehen und Spitzbogen bilden. Zwei Arkaden gehen nach dem Gärtchen hinaus; zwei andere, der Hintertür gegenüber, lassen eine Holztreppe sehen, deren Geländer einstmals ein Wunderwerk von Schlosserarbeit war, in so bizarren Formen war das Eisen geschmiedet, und deren abgetretene Treppen unter den Füßen wackeln. Die Türen aller Stockwerke hatten von Schmutz, Fett und Staub gebräunte Einfassungen und Doppeltüren, die mit Utrechter Samt verkleidet und mit blind gewordenen, rautenförmig angeordneten goldenen Nägeln besetzt waren. Diese Reste von Glanz bewiesen, daß das Haus unter Ludwig XIV. von einem Parlamentsrat oder von reichen Geistlichen oder von irgend einem Schatzmeister der kirchlichen Nebeneinkünfte bewohnt war. Aber diese Reste alter Pracht machen einen durch den naiven Kontrast zwischen Gegenwart und Vergangenheit lächeln. Herr Jean-Jules Popinot wohnte im ersten Stockwerk dieses Hauses, in dem die bei den ersten Etagen der Pariser Häuser übliche Dunkelheit noch durch die Enge der Straße verdoppelt wurde. Diese alte Wohnung war im ganzen zwölften Bezirk bekannt, dem die Vorsehung diesen Richter zugesandt hatte wie eine heilbringende Pflanze, die jede Krankheit heilt oder lindert. Hier folgt die Skizze dieser Persönlichkeit, die die glänzende Marquise d'Espard verführen wollte.

Als Richter ging Herr Popinot stets schwarz gekleidet, was ihn in den Augen der Leute, die alles nach oberflächlicher Prüfung beurteilen, lächerlich erscheinen ließ. Aber Leute, die auf die Würde dieser Tracht eifersüchtig sind, müssen peinlich bedacht sein auf ständige und peinliche Sorgsamkeit; der gute Herr Popinot jedoch war außerstande, die puritanische Sauberkeit, die das Schwarz verlangt, auf sich anzuwenden. Sein Beinkleid, das immer abgenutzt aussah, glich dem Stoff, aus dem die Advokatenroben gemacht werden, und seine gewöhnliche Körperhaltung bewirkte eine solche Menge von Falten, daß sie sich stellenweise weißlich, rot oder glänzend darauf abzeichneten und einen schmutzigen Geiz oder eine ganz unbekümmerte Armut verrieten. Seine dicken wollenen Strümpfe zeigten einen merkwürdigen Faltenwurf in seinen vertragenen Schuhen. Seine Wäsche hatte den rötlichen Ton, den sie durch langes Liegen im Wäscheschrank bekommt und der die Leidenschaft der seligen Frau Popinot für Wäsche verriet: nach flämischer Art machte sie sich jedenfalls nur zweimal im Jahre die Unbequemlichkeit, große Wäsche abzuhalten. Rock und Weste des Richters paßten zur Hose, den Schuhen, den Strümpfen und der Wäsche. Seine Sorglosigkeit war ein Glück für ihn, denn wenn er einen neuen Rock anzog, paßte er ihn schnell dem Ensemble seiner übrigen Toilette an, indem er ihn unglaublich schnell fleckig machte. Der Biedermann wartete, bis seine Köchin ihn erinnerte, daß er sich einen neuen Hut kaufen müsse. Seine Krawatte war immer kunstlos um den Hals gebunden, und niemals kümmerte er sich um die Unordnung, die seine Richterbäffchen an seinem umgeschlagenen Hemdkragen hervorgebracht hatten. Sein graues Haar blieb ohne jede Pflege, und er rasierte sich nur zweimal in der Woche. Niemals trug er Handschuhe, sondern steckte gewöhnlich die Hände in seine leeren Taschen, deren schmutziger, fast immer zerrissener Rand noch ein Zeichen mehr dafür war, wie er seine Person vernachlässigte. Wer den Justizpalast in Paris zu besuchen pflegt, den Ort, wo man alle Abarten der schwarzen Kleidung beobachten kann, wird sich das Aussehen Popinots vorstellen können. Die Gewohnheit, ganze Tage hindurch Sitzungen abzuhalten, übt eine starke Wirkung auf den Körper aus, ebenso wie die Langeweile, die die endlo-

sen Plaidoyers hervorrufen, die Physiognomie der Richter beein-
flussen. In lächerlich kleine Zimmer eingeschlossen, ohne jede ar-
chitektonische Wirkung, wo die Luft schnell verdorben ist, wird das
Gesicht des Pariser Richters vom Aufmerken runzelig und faltig
und von der Langeweile verdüstert; er wird bleichsüchtig und sein
Teint grünlich oder erdfarben, je nach dem Temperament des einzelnen. Schließlich wird nach einer gewissen Zeit der blühendste
junge Mann eine blasse Maschine zum Abstimmen, ein Mechanismus, der den Code auf jeden einzelnen Fall anwendet mit dem
Phlegma eines Uhrpendels. Wenn also die Natur Herrn Popinot ein
wenig angenehmes Äußern verliehen hatte, so hatte ihn auch sein
Amt nicht verschönert. Sein Knochengerüst zeigte krumme Linien.
Seine dicken Knie, seine großen Füße, seine breiten Hände paßten
schlecht zu seinem priesterlichen Gesicht, das von fern an einen
Kalbskopf erinnerte, sanft bis zur Schwäche, schlecht von zwei
glasartigen Augen erhellt, blutleer, von einer graden, platten Nase
durchschnitten, von einer Stirn ohne Vorsprünge überwölbt und
mit zwei riesigen Ohren ausgestattet, die reizlos angewachsen waren. Sein dünnes, schwaches Haar ließ seinen Schädel an mehreren
Stellen durchschimmern. Ein einziger Zug empfahl dieses Gesicht
dem Physiognomiker. Der Mann besaß einen Mund, dessen Lippen
eine himmlische Güte atmeten. Er hatte gute, dicke, rote Lippen mit
tausend Fältchen, geschweift und beweglich, die edle Gefühle ver-
kündeten; Lippen, die zum Herzen sprachen und bei diesem Manne
Intelligenz, Klarheit, die Gabe des zweiten Gesichts und eine En-
gelsgüte verrieten: man hätte ihn also falsch verstanden, wenn man
ihn nur nach seiner niedrigen Stirn, seinen kalten Augen und seiner
jämmerlichen Haltung beurteilen wollte. Sein Leben entsprach seinem Gesicht, es war voll heimlicher Arbeit und verbarg die Tugend
eines Heiligen. Bedeutende juristische Abhandlungen hatten ihn, als
Napoleon die Justiz in den Jahren 1806 und 1811 reorganisierte, so
sehr empfohlen, daß er auf den Vorschlag Cambacérès' unter den
ersten für den Obergerichtshof von Paris vorgeschlagen wurde.
Aber Popinot war kein Intrigant. Bei jeder neuen freien Stelle, bei
jeder neuen Bewerbung schob der Minister Popinot zurück, der
niemals einen Schritt bei dem Erzkanzler oder dem Großrichter tat.
Vom höchsten Gerichtshof wurde er auf die Liste der übrigen Rich-
terstellen gesetzt und dann durch die Intrigen tätiger und bewegli-
cher Leute bis auf die unterste Stufe heruntergedrückt. Er wurde

zum Hilfsrichter ernannt. Diese Ungerechtigkeit war ein Schlag für die Richterwelt, die Advokaten, die Gerichtsvollzieher, für alle Welt, ausgenommen Popinot, der sich nicht darüber beklagte. Als der erste Lärm vorüber war, fand jeder, daß es mit allem zum besten in den besten aller möglichen Welten stände, die sicherlich die Welt der Justiz sein muß. Popinot blieb Hilfsrichter bis zu dem Tage, wo der berühmteste Großsiegelbewahrer der Restauration die Zurücksetzungen wiedergutmachte, die diesem bescheidenen und schweigsamen Mann von den Großrichtern des Kaiserreichs angetan worden waren. Nachdem er zwölf Jahre lang Hilfsrichter gewesen war, sollte Herr Popinot nun jedenfalls als einfacher Richter am Seine-Tribunal sterben.

Um bei einem so hervorragenden Juristen das Verbleiben im Dunkeln zu erklären, ist es notwendig, hier einige erforderliche Erwägungen anzustellen, die dazu dienen werden, sein Leben zu enthüllen und im übrigen einiges von dem Räderwerk der großen Maschinerie, die die Justiz genannt wird, aufzuzeigen. Herr Popinot wurde von den drei auf einander folgenden Präsidenten des Seinetribunals unter den Begriff der »Kritteler« eingereiht, dem einzigen Worte, das diese Kategorie bezeichnen kann. In dieser Gesellschaft konnte sein Ruf, den er sich vorher durch seine Arbeiten verdient hatte, nicht aufkommen. Ebenso wie ein Maler unabänderlich in die Kategorie der Landschafter, der Porträtmaler, der Geschichts-, Marine- oder Genremaler von dem Publikum der Künstler, Kenner oder Dummköpfe eingereiht wird, die ihn aus Neid, aus kritischer Machtvollkommenheit oder aus Vorurteil in seiner Begabung festhalten, weil sie alle glauben, es gäbe Schwielen in jedem Gehirn, und so denkt die Welt von den Schriftstellern, den Staatsmännern, allen Leuten, die mit einer Spezialität beginnen, bevor sie für umfassend begabt anerkannt werden, – so wurde Popinot eingereiht und in seiner Besonderheit eingeschlossen. Die Richter, die Advokaten, die Anwälte, alles was das Justizterrain abweidet, unterscheiden bei einer Rechtssache zwei Elemente: das Recht und die Billigkeit. Die Billigkeit ergibt sich aus den Tatsachen, das Recht ist die Anwendung der Gesetze auf die Tatsachen. Es kann einer nach billigem Ermessen Recht und nach richterlichem Unrecht haben, ohne daß dem Richter ein Vorwurf zu machen wäre. Zwischen dem Gewissen und der Tatsache gibt es einen Abgrund von bestimmenden Gründen, die dem Richter unbekannt sind und doch eine Tatsache verurteilen oder für gesetzmäßig erklären. Ein Richter ist kein Gott, seine Pflicht ist, die Tatsachen den rechtlichen Grundsätzen anzupassen und über die bis ins Unendliche voneinander abweichenden Einzelheiten sein Urteil zu sprechen, indem er festbestimmte Grundsätze anwendet. Hätte der Richter die Macht, im Gewissen der einzelnen zu lesen und die Motive zu erkennen, um seine Urteile der Billigkeit entsprechend zu fällen, so wäre jeder Richter ein großer Mann. Frankreich braucht ungefähr sechstausend Richter; keine Generation vermag sechstausend große Männer in seinen Dienst einzustellen, um so weniger kann es solche für seine Richterschaft auftreiben. Popinot war inmitten der Pariser Gesellschaft ein sehr gewandter Kadi, der infolge seiner geistigen Begabung und, weil er den Buchstaben des Gesetzes auf das Wesen der Tatsachen anzuwenden verstand, erkannt hatte, wie falsch es war, ohne Grundlage und überstürzt zu urteilen. Als Richter mit einer Art von zweitem Gesicht begabt, drang er durch die Hülle der doppelten Lüge, hinter der die Verteidiger den Kern des Prozesses zu verbergen pflegen. Er war Richter, wie der berühmte Desplein Chirurg war, und verschaffte sich einen Einblick in das Gewissen wie der Gelehrte in den Körper. Sein Leben und seine moralischen Anschauungen hatten ihn zu einer genauen Bewertung der geheimsten Gedanken durch die Prüfung der Tatsachen geführt. Er durchforschte einen Prozeß, wie Cuvier die Erdkruste durchforschte. Wie dieser große Denker ging er von Deduktion zu Deduktion, bevor er seinen Schluß zog, und stellte daraus den Vorgang im Gewissen her, wie Cuvier ein Anoplotherium rekonstruierte. Anläßlich eines Berichts wachte er oft nachts auf, überrascht von einem Aufleuchten der Wahrheit, die plötzlich vor seinem Denken erglänzte. Betroffen von der schweren Ungerechtigkeit, die Kämpfe abschließt, bei denen alles einen ehrenhaften Mann im Stiche läßt oder alles zum Heil der Schurken ausschlägt, fällte er sein Urteil häufig gegen das Recht, zugunsten der Billigkeit, zumal in Fällen, wo es sich um Fragen handelte, die man gewissermaßen nur ahnen konnte. Er galt daher unter seinen Kollegen als ein wenig praktischer Geist, seine langausgedehnten Gründe verlängerten außerdem die Beratungen; wenn Popinot bemerkte, daß sie ihm nur widerwillig zuhörten, äußerte er seine Meinung kurz. Man sagte, daß er diese Art von Geschäften falsch beurteile; aber da seine geniale Bewertung erstaunlich, seine Beurteilung klar und sein Eindringen tief war, wurde er als besonders befähigt für das schwierige Amt eines Untersuchungsrichters angesehen. Er blieb also Untersuchungsrichter während des größten Teils seiner Tätigkeit. Obgleich seine Fähigkeiten ihn ganz besonders für dieses schwierige Amt geeignet machten und er den Ruf hatte, ein scharfsinniger Kriminalist zu sein, dem seine Tätigkeit zusagte, peinigte ihn seine Herzensgüte beständig, und er steckte zwischen Gewissenhaftigkeit und Mitleid wie in einem Schraubstock. Obgleich höher bewertet als die eines Zivilrichters, führt die Tätigkeit eines Untersuchungsrichters niemanden in Versuchung; sie ist zu niedrigstehend. Popinot, ein Mann voll Bescheidenheit und tugendhaftem Gewissen, ohne Ehrgeiz und ein unermüdlicher Arbeiter, beklagte sich nicht über seinen Beruf: er opferte dem öffentlichen Wohl seine Vorliebe und sein Mitleid und ließ sich in die Untiefen der Strafuntersuchung verschleppen, wo er gleichzeitig streng und wohltätig sein konnte. Manchmal übergab sein Gerichtsdiener dem Angeklagten Geld, um sich Tabak zu kaufen oder einen warmen Rock im Winter, wenn er ihn aus dem Richterzimmer nach der ›Souricière‹ brachte, dem Untersuchungsgefängnis, in dem man die Verhafteten zur Verfügung des Untersuchungsrichters hält. Er verstand es, ein unbeugsamer Richter und ein wohltätiger Mensch zu sein. Deshalb wurden auch niemandem leichter Geständnisse gemacht, ohne daß er zu richterlichen Überrumpelungen greifen mußte. Im übrigen besaß er den scharfen Blick des Beobachters. Dieser Mann mit seiner scheinbaren naiven, einfachen und zerstreuten Güte kam hinter die Schliche der Spaßvögel des Bagnos, überlistete die verschlagensten Frauenzimmer und ließ die Verbrecher zu Kreuze kriechen. Wenig bekannte Umstände hatten seine Umsichtigkeit geschärft; aber um sie zu schildern, ist es nötig, in sein intimes Leben einen Einblick zu erhalten; denn der Richter war nur seine soziale Form; ein anderes Wesen, größer und weniger bekannt, steckte in ihm.

Zwölf Jahre vor dem Tage, an dem diese Geschichte beginnt, im Jahre 1816, bei jener schrecklichen Teuerung, die verhängnisvollerweise mit dem Aufenthalt der Alliierten in Frankreich zusammenfiel, wurde Popinot zum Vorsitzenden der außerordentlichen Kommission ernannt, um die Bedürftigen seines Bezirks zu unterstützen, gerade als er vorhatte, die Rue du Fouarre zu verlassen, die zu bewohnen, ihm nicht weniger unangenehm war als seiner Frau. Der große Rechtsgelehrte, der tiefe Kriminalist, dessen Überlegenheit von seinen Kollegen wie eine Verirrung angesehen wurde, hatte seit fünf Jahren die Prozeßergebnisse beobachtet, ohne die Gründe des Verbrechens wahrnehmen zu können. Wenn er in die Dachkammern hinaufstieg, das Elend mitansah und die bittere Not vor Augen hatte, die die Armen schrittweise zu schlimmen Handlungen verführte, wenn er schließlich ihre langen Kämpfe ins Auge faßte, dann wurde er von Mitleid ergriffen. Dann wurde der Richter der heilige Vincent de Paula dieser armen Kinder, dieser kranken Arbeiter; aber diese Umwandlung vollzog sich nicht sofort vollständig. Die Wohltätigkeit hat ihren Reiz wie die Laster. Wohltun frißt die Börse eines Heiligen auf wie das Roulette das Vermögen des Spielers, stückweise. Popinot schritt von Unglück zu Unglück, von Almosen zu Almosen; dann, als er alle die Lumpen, die dieses Volkselend verhüllen wie ein Pflaster, unter dem sich eine fieberbringende Wunde verbirgt, gelüftet hatte, wurde er nach einem Jahre die Vorsehung seines Bezirkes. Er wurde Mitglied des Wohltätigkeitskomitees und der Unterstützungsgesellschaft. Überall, wo eine unentgeltliche Arbeit in Frage kam, nahm er sie auf sich und schaffte, ohne sich zu rühmen, wie »der Mann mit dem kleinen Mantel«, der sein Leben damit hinbringt, Suppe auf die Märkte und, wo sonst verhungerte Leute sind, zu bringen. Popinot hatte das Glück, in einem sehr großen Umkreise und in einer höheren Sphäre zu arbeiten: er überwachte alles, er verhütete das Verbrechen, er gab den beschäftigungslosen Arbeitern Arbeit, er brachte die Schwachen unter, er verteilte seine Unterstützungen mit Unterschieden an allen bedrohten Punkten, indem er der Ratgeber der Witwe, der Beschützer der Kinder ohne Unterkunft, der Teilhaber an kleinen Geschäften wurde. Weder im Gerichtspalast noch in Paris kannte jemand dieses geheimnisvolle Leben Popinots. Es gibt so hervorragende Vorzüge, daß man sie nicht verbergen kann: Die Menschen sorgen dafür, daß man sie nicht unter den Scheffel stellt. Was die Schützlinge des Richters anlangt, so waren sie alle, die den Tag über arbeiteten und nachts ermüdet waren, wenig geeignet, ihn zu rühmen; sie waren undankbar wie die Kinder, die sich niemals dankbar bezeigen, weil sie zu viel schulden. Es gibt eine erzwungene Undankbarkeit; aber wenn ein Herz das Gute aussät, um Dankbarkeit zu ernten, kann es sich noch für groß halten?

Vom zweiten Jahre seines geheimen Apostolats ab hatte Popinot schließlich das Magazin im Erdgeschoß des Hauses in ein Sprechzimmer verwandelt, das sein Licht von den drei Fenstern mit eisernen Gittern erhielt. Mauern und Decke dieses großen Raumes waren weiß gestrichen, und das Mobiliar bestand aus Bänken wie in der Schule, einem plumpen Schrank, einem Nußbaumholzbureau und einem Sessel. In dem Schrank befanden sich seine Wohltätigkeitsregister, seine Brotmarken und sein Journal. Er führte seine Bücher wie ein Kaufmann, um nicht von seinem guten Herzen getäuscht zu werden. Alles Elend des Viertels war aufgezeichnet und in einem Buche untergebracht, wo jeder Fall sein Konto hatte, wie bei einem Kaufmann mit verschiedenen Schuldnern. Wenn man wegen einer Familie oder über einen zu unterstützenden Menschen im Zweifel war, hatte der Richter die Register der Sicherheitspolizei zu seiner Verfügung. Lavienne, ein Dienstbote wie für seinen Herrn geschaffen, war sein Adjutant. Er löste die Pfandscheine des Leihhauses ein oder erneuerte sie und eilte an die gefährdetsten Orte, während sein Herr bei Gericht arbeitete. Von vier bis sieben Uhr morgens im Sommer, von sechs bis neun im Winter war dieser Saal voll von Frauen, Kindern, Bedürftigen, denen Popinot Audienz erteilte. Im Winter war hier durchaus kein Ofen erforderlich; die Menge war so eng aneinander gedrängt, daß die Luft warm wurde; Lavienne legte nur etwas Stroh auf den feuchten Fußboden. Die Bänke waren schließlich glatt wie poliertes Mahagoni; dann hatte die Mauer bis zu Menschenhöhe eine gewisse dunkle Farbe von den Lumpen und verbrauchten Kleidern dieser armen Menschen. Die Unglücklichen verehrten Popinot so sehr, daß, bevor die Tür geöffnet wurde, von all den frierenden Frauen, die sich an Kohlenbecken wärmten, den Männern, die sich in die Arme schlugen, um wärmer zu werden, niemand durch Lärm seinen Schlaf beunruhigte. Die Lumpensammler, die Leute, die nachts ihrem Beruf nachgingen, kannten die Wohnung und sahen oft das Arbeitszimmer des Richters zu ungewöhnlichen Stunden erleuchtet. Endlich sagten sich Diebe, wenn sie vorbeikamen: »Das ist sein Haus«, und schonten es. Der Morgen gehörte den Armen, der Tag den Verbrechern und der Abend seiner Arbeit als Richter.

Die geniale Beobachtungsgabe Popinots war also notwendigerweise ›bifrons‹: er ahnte die edlen Seiten des Elends, die verletzten vornehmen Empfindungen, die grundsätzlich guten Handlungen und die unbekannten Opfer, wie er im Grunde der Seele die leisesten Spuren des Verbrechens und die zarten Fäden des Delikts aufspürte, um über das Ganze zu entscheiden. Das väterliche Erbe Popinots betrug tausend Taler Rente. Seine Frau, eine Schwester des alten Herrn Bianchon, des Arztes in Sancerre, hatte ihm zweimal so viel als Mitgift zugebracht. Sie war vor fünf Jahren gestorben und hatte ihrem Manne ihr Vermögen hinterlassen. Da das Gehalt eines Hilfsrichters nicht erheblich und Popinot fest angestellter Richter erst seit vier Jahren war, so kann man sich den Grund für seine Sparsamkeit in allem auf seine Person und sein Leben Bezüglichen vorstellen, wenn man bedenkt, wie mäßig sein Einkommen und wie groß seine Sparsamkeit war. Ist im übrigen die Gleichgültigkeit in bezug auf die Kleidung, die bei Popinot den Mann mit besonderen Interessen verriet, nicht das unterscheidende Merkmal der tiefen Wissenschaftlichkeit, der leidenschaftlich gepflegten Kunst und des immer lebhaften Denkens? Um diese Skizze zu beenden, wird es genügen hinzuzufügen, daß Popinot zu der kleinen Zahl von Richtern am Seinetribunal gehörte, die den Orden der Ehrenlegion nicht erhalten hatten. Das war der Mann, den der Präsident der zweiten Kammer des Tribunals, der Popinot angehörte, als er vor zwei Jahren zu den Zivilrichtern übergetreten war, beauftragt hatte, ein Verhör mit dem Marquis d'Espard anzustellen und ihn auf die Klage seiner Frau für unmündig zu erklären.

Die Rue du Fouarre, in der ganz früh so viele Unglückliche herumwimmelten, wurde um neun Uhr still und nahm wieder ihr düsteres elendes Äußere an. Bianchon ließ daher sein Pferd ausgreifen, um seinen Onkel noch mitten in seiner Audienz anzutreffen. Er dachte nicht ohne ein Lächeln daran, in welchem merkwürdigen Gegensatz der Richter neben Madame d'Espard erscheinen würde; aber er versprach sich, ihn dazu zu bringen, so Toilette zu machen, daß er nicht lächerlich erschiene.

›Hat mein Onkel wenigstens einen neuen Anzug?‹ fragte sich Bianchon, als er in die Rue du Fouarre einbog, wo die Fenster des Sprechzimmers in fahlem Licht erglänzten. ›Ich glaube, ich tue gut, wenn ich mich darüber mit Lavienne verständige.‹

Beim Geräusch des Wagens kam ein Dutzend Arme erstaunt aus dem Eingang hervor und entblößten das Haupt, als man den Arzt erkannte; denn Bianchon, der die Kranken, die ihm der Richter empfahl, umsonst behandelte, war nicht weniger bekannt unter den Elenden, die hier zusammengepfercht standen, als er. Bianchon bemerkte seinen Onkel mitten im Sprechzimmer, dessen Bänke von Bedürftigen dicht besetzt waren, die Besonderheiten eines eigenartigen Kostüms aufwiesen, vor denen auch die weniger künstlerisch Veranlagten mitten auf der Straße stehenblieben. Sicher hätte ein Zeichner, ein Rembrandt, wenn heute noch ein solcher existierte, hier eine seiner herrlichsten Vorlagen gefunden, wenn er dieses einfach und schweigend zur Schau gestellte Elend gesehen hätte. Hier zeigte das runzlige Gesicht eines ernsten Alten mit weißem

Bart und dem Schädel eines Apostels ein vollständiges Bild Sankt Peters. Seine teilweise entblößte Brust ließ eine vorspringenden Muskeln sehen, das Anzeichen eines eisernen Willens, der ihm als Stütze gedient hatte, um ein ganzes Epos von Unglücksfällen auszuhalten. Dort gab eine junge Frau ihrem jüngsten Kinde die Brust, um es am Schreien zu hindern, während sie ein anderes, etwa fünfjähriges, zwischen den Knien hielt. Dieser Busen, dessen Weiße inmitten der Lumpen hervorstach, dieses Kind mit seinem durchsichtigen Fleisch und sein Bruder, dessen Benehmen auf einen künftigen Straßenjungen schließen ließ, boten ein rührendes Bild dar durch den reizvollen Gegensatz mit der langen Reihe der von Kälte geröteten Gesichter, in deren Mitte diese Familie sich zeigte. Weiter weg stand eine alte, bleiche, kalte Frau mit einem Antlitz revoltierender Armut, bereit, sich an einem Tage des Aufruhrs für alle frühere Not zu rächen. Da war auch noch ein junger, schwächlicher, fauler Arbeiter, dessen intelligentes Auge große Fähigkeiten verriet, die von vergeblich bekämpften Begierden unterdrückt waren, der über seine Leiden schwieg und fast am Sterben war, weil er keine Gelegenheit fand, zwischen den Querstäben des riesigen Fischteichs hindurchzuschlüpfen, in dem solche Unglückliche herumjagen, um einander zu verschlingen. Die Frauen waren in der Mehrzahl; ihre Männer, die ihrem Beruf nachgingen, hatten ihnen jedenfalls die Mühe überlassen, ihre häuslichen Sorgen mit der Geschicklichkeit zu vertreten, die charakteristisch ist für die Frau aus dem Volke, die fast immer Herrscherin in ihrer Höhle ist. Zerrissene Tücher konnte man auf allen Köpfen, Röcke mit Koträndern, Brusttücher in Fetzen, schmutzige und durchlöcherte Jacken auf allen Leibern sehen, aber überall glänzten die Augen wie ebensoviel lebendige Flammen. Eine schreckliche Versammlung, deren Anblick zuerst Ekel verursachte, der aber bald eine Art Angst erregte, sobald man bemerkt hatte, daß die Ergebung dieser Geister ganz von selbst im Kampfe um die Lebensbedürfnisse eine auf die Wohltätigkeit gegründete Spekulation war. Die beiden Kerzen, die das Sprechzimmer erleuchteten, flackerten in einer Art Nebel, der durch die übelriechende Atmosphäre dieses schlecht gelüfteten Raumes verursacht wurde.

Der Richter war nicht die am wenigsten eigenartige Erscheinung inmitten dieser Versammlung. Auf dem Kopfe saß ihm eine Mütze von ins Rote schimmerndem Wollstoff. Da er keine Krawatte trug, so hob sich sein von der Kälte geröteter, runzliger Hals scharf über dem abgeschabten Kragen seines alten Schlafrocks ab. Sein Gesicht zeigte den halb stumpfsinnigen Ausdruck, den eine ausgesprochene Vorliebe aufprägt. Sein Mund war, wie bei allen Arbeitenden, zusammengekniffen wie eine Börse, deren Schnüre zusammengezogen sind. Seine gerunzelte Stirn schien die Last aller Bekenntnisse, die ihm gemacht waren, zu tragen: er spürte nach, analysierte und gab sein Urteil ab. Argwöhnisch, wie ein Darlehnsgeber auf kurze Frist, verließen seine Augen seine Bücher und Aufzeichnungen nur, um bis ins Innerste der Individuen zu dringen, mit der Schnelligkeit der Vision, wie sie mißtrauischen Geizhälsen eigen ist. Hinter seinem Herren stehend, bereit, seine Befehle auszuführen, übte Lavienne jedenfalls die Polizei aus und empfing die neu Angekommenen damit, daß er sie gegen ihre eigene Schande scharfmachte. Als der Arzt erschien, entstand eine Bewegung auf den Bänken. Lavienne wandte den Kopf um und war äußerst erstaunt, Bianchon zu sehen.

»Ah, du bist da, mein Junge«, sagte Popinot und reckte die Arme. »Was führt dich denn um diese Stunde her?«

»Ich befürchtete, Sie könnten heute einen gewissen richterlichen Besuch machen, über den ich mich mit Ihnen unterhalten möchte.«

»Nun,« sagte der Richter und wandte sich an eine dicke kleine Frau, die neben ihm stand, »wenn Sie mir nicht sagen wollen, was Sie haben, dann werde ich es auch nicht ahnen können, mein Kind.«

»Beeilen Sie sich«, sagte Lavienne zu ihr, »und stehlen Sie andern nicht ihre Zeit.«

»Lieber Herr,« sagte endlich die Frau errötend und mit so leiser Stimme, daß sie nur von Popinot und Lavienne gehört werden konnte, »ich bin umherziehende Gemüsehändlerin, und ich habe noch meinen kleinen Jüngsten, für den ich der Amme das Säuglingsgeld schulde. Ich hatte also mein armes bißchen Geld versteckt ...«

»Na, und Ihr Mann hat es genommen?« sagte Popinot, der den Grund des Geständnisses ahnte.

»Ja, lieber Herr.«

»Wie heißen Sie?« –

»Die Pomponne.«

»Und Ihr Mann?«

»Toupinet.«

»Rue du Petit-Banquier?« fuhr Popinot fort und blätterte in seinem Register nach. »Er ist im Gefängnis«, sagte er, als er eine Randbemerkung in dem Case las, in dem das Ehepaar verzeichnet war.

»Wegen Schulden, mein lieber Herr.«

Popinot schüttelte den Kopf.

»Aber ich habe ja nicht so viel, daß ich meinen Obstgarten versorgen kann, der Eigentümer ist gestern gekommen und hat mich gezwungen, zu bezahlen, sonst hätte er mich hinausgeschmissen.«

Lavienne bog sich zu seinem Herrn hinunter und sagte ihm leise einige Worte.

»Also, wieviel brauchen Sie, um Ihr Gemüse in der Halle zu kaufen?«

»Ja, lieber Herr, wenn ich meinen Handel weiterführen soll, dann werde ich ... ja, dann werde ich zehn Franken brauchen.«

Der Richter machte Lavienne ein Zeichen, der aus einem großen Beutel ein Zehnfrankenstück nahm und es der Frau gab, während der Richter das Darlehen in sein Register eintrug. Als er die freudige Bewegung sah, die die Händlerin erzittern ließ, ahnte Bianchon die Angst, von der die Frau sicher erregt worden war, als sie von ihrem Hause zu dem Richter kam.

»Jetzt sind Sie dran«, sagte Lavienne zu dem weißbärtigen Alten.

Bianchon nahm den Diener beiseite und fragte, wie lange die Audienz noch dauern würde.

»Der Herr ist heute früh von zweihundert Personen aufgesucht worden, jetzt sind noch achtzig ›abzumachen‹«, sagte Lavienne; »der Herr Doktor hätten noch Zeit, Ihre ersten Besuche zu erledigen.« Der Richter wandte sich um und faßte Horace am Arm: »Hier, mein Junge, sind zwei Adressen ganz in der Nähe, die eine in der Rue de Seine, wo sich ein junges Mädchen mit Kohlengas vergiften wollte, dann in der Rue de l'Arbalète ein Mann, den du in dein Krankenhaus nehmen sollst. Ich erwarte dich zum Frühstück.

Bianchon kam nach einer Stunde zurück. Die Rue de Fouarre war vereinsamt, es begann Tag zu werden, der Onkel ging in seine Wohnung hinauf, der letzte Arme, dem der Richter Trost gebracht hatte, entfernte sich, Laviennes Tasche war leer.

»Nun, wie geht es ihnen?« sagte der Richter zu dem Doktor auf der Treppe.

»Der Mann ist tot,« antwortete Bianchon, »das junge Mädchen wird mit dem Leben davonkommen.

Seitdem Auge und Hand einer Frau fehlten, war Popinots Wohnung seinen Äußeren ganz ähnlich geworden. Die Gleichgültigkeit des Mannes, der von einem beherrschenden Gedanken mit fortgerissen wird, drückte allen Dingen ihr eigenartiges Merkmal auf. Überall lag alter Staub, überall zeigte sich bei allen Dingen der verkehrte Gebrauch, dessen fleißige Anwendung an den Haushalt eines Junggesellen erinnerte. Papiere steckten in Blumenvasen, leere Tintenfässer standen auf den Möbeln, vergessene Teller, Feuerzeug, das als Leuchter benutzt worden war, wenn nach etwas gesucht wurde, begonnene und wieder vergessene Umräumungen, kurz alle Verbarrikadierungen und leere Stellen, die bei gelegentlichen Aufräumungsarbeiten im Stiche gelassen waren, zeigten sich hier. Und das Arbeitszimmer des Richters, das ganz besonders von dieser unaufhörlichen Unordnung in Mitleidenschaft gezogen war, verkündete sein ununterbrochene Ratlosigkeit, die Begeisterung des Mannes, der seinen Geschäften unterlag und von den sich kreuzenden Bedürfnissen verfolgt wurde. Die Bibliothek sah wie geplündert aus, die Bücher lagen herum, die einen offen mit eingeklemmten Rücken, die andern mit den Blättern auf der Erde; die Prozeßakten der Reihe nach an der Bibliothek entlang aufgestellt, versperrten den Fußboden. Dieser Fußboden war feit zwei Jahren nicht gebohnert worden. Die Tische und die Möbel waren abgenutzt. Buketts aus künstlichen Blumen, Bilder, auf denen der Namenszug Popinots von Herzen und Immortellen umgeben war, schmückten die Wände. Hier standen Kästen von auffallender Ebenholzarbeit, die zu nichts zu gebrauchen, dort Briefbeschwerer, die im Geschmack von Arbeiten der Sträflinge im Bagno ausgeführt waren. Diese

Meisterwerke von Geduld, diese »Rebusse« der Dankbarkeit, diese vertrockneten Buketts gaben dem Arbeits- und Wohnzimmer des Richters das Aussehen eines Ladens mit Kinderspielzeug. Der brave Mann machte sich ›Souvenirs‹ daraus, er füllte sie mit Noten, vergessenen Federn und kleinen Papieren voll. Diese erhabenen Zeugnisse himmlischen Erbarmens waren voller Staub, ohne jede Frische. Einige vortrefflich ausgestopfte, aber von Motten zerfressene Vögel erhoben sich inmitten dieses Waldes von Flitterkram, über dem eine Angorakatze thronte, das Lieblingstier der Frau Popinot, die ein armer Naturliebhaber jedenfalls mit allen Anzeichen der Lebenswahrheit wieder auf die Beine gestellt hatte, indem er so einen Schatz für ein kleines Almosen hergab. Irgend ein Künstler aus dem Bezirk, dem das Herz den Pinsel führte, hatte in gleicher Weise die Bilder von Herrn und Frau Popinot gemalt. Bis in den Alkoven des Schlafzimmers sah man gestickte Kissen, Landschaften in Kleinstich und Kreuze aus geflochtenem Papier, dessen Windungen eine unsinnige Arbeit verrieten. Die Fenstervorhänge waren vom Rauch geschwärzt, und die Übergardinen hatten überhaupt keine Farbe mehr. Zwischen dem Kamin und dem langen viereckigen Tisch, an dem der Richter arbeitete, hatte die Köchin zwei Tassen Milchkaffee auf ein Tischchen gestellt. Zwei Sessel, mit Roßhaar bezogen, erwarteten den Onkel und den Neffen. Da das Licht, das von den Fensterkreuzen verdunkelt wurde, nicht bis an diese Stelle gelangte, hatte die Köchin zwei Kerzen stehen lassen, deren außerordentlich langer Docht die Form eines Pilzes hatte und jenes rötliche Licht verbreitete, das die Kerzen durch die Langsamkeit des Verbrennens länger erhält; eine Entdeckung, die man den Geizhälsen verdankt.

»Lieber Onkel, Sie sollten sich wärmer anziehen, wenn Sie in das Sprechzimmer hinuntergehen.«

»Ich mache mir Sorge, daß ich sie zu lange warten lasse, die armen Leute! Nun, und was wünschest du von mir?«

»Ich komme, um Sie für morgen zum Diner bei der Marquise d'Espard einzuladen.«

»Ist das eine Verwandte von uns?« fragte Popinot mit so naivem Ausdruck, daß Bianchon zu lachen anfing.

»Nein, lieber Onkel, die Marquise d'Espard ist eine vornehme und mächtige Dame, die einen Antrag beim Gericht gestellt hat, um ihren Mann entmündigen zu lassen, und Ihnen ist die Sache zugeschrieben worden ...«

»Und du willst, daß ich bei ihr dinieren soll?! Bist du toll?« sagte der Richter und faßte nach der Prozeßordnung. »Hier, lies den Artikel, der dem Richter verbietet, bei einer Partei zu essen oder zu trinken, über die er Recht sprechen soll. Sie soll zu mir kommen, wenn sie mir etwas zu sagen hat, deine Marquise. Ich muß sogar morgen ihren Gatten vernehmen, nachdem ich diese Nacht die Sache geprüft haben werde.« Er erhob sich, nahm ein Aktenstück unter einem Briefbeschwerer in Reichweite hervor und sagte, nachdem er den Titel gelesen hatte: »Hier sind die Akten. Da diese vornehme und mächtige Dame dich interessiert, sehen wir uns die Klage an.«

Popinot nahm seinen Schlafrock, dessen Schöße immerfort herabfielen und seine Brust entblößten, vorn zusammen, dann tauchte er seine Schnitten in den kalt gewordenen Kaffee, suchte die Klage heraus, zu der er sich einige Paranthesen und Bemerkungen gestattete, an denen sein Neffe teilnahm.

»An den Herrn Präsidenten des Zivilgerichts erster Instanz im Seinebezirk mit dem Sitz im Justizpalast. – Madame Jeanne-Clementine-Athénais de Blamont-Chauvry, Ehegattin des Herrn Charles-Maurion-Marie Andoche, Graf von Nègrepelisse, Marquis d'Espard (hoher Adel), Gutsbesitzer; die genannte Dame d'Espard, wohnhaft Rue du Faubourg-Sainte-Honoré, Nr 104, und der genannte Herr d'Espard, Rue de la Montagne-Sainte Geneviève, Nr 22 (richtig, der Präsident sagte mir, daß das in meinem Bezirk ist) haben Herrn Desroches zum Anwalt.« – »Desroches! Ein kleiner Geschäftemacher, ein bei Gericht und bei seinen Kollegen übel angesehener Mann, der seinen Klienten keinen Nutzen bringt!«

»Armer Kerl!« sagte Bianchon, »er ist unglücklicherweise ohne Vermögen, und er hetzt sich herum wie der Teufel im Weihkessel, das ist alles.«

»Sie beehrt sich, Ihnen, Herr Präsident, darzulegen, daß seit einem Jahre die moralischen und geistigen Fähigkeiten des Herrn d'Espard, ihres Gatten, eine so tiefgehende Veränderung erfahren haben, daß sie heute einen Zustand von Wahnsinn oder Schwach-sinnigkeit herbeigeführt haben, entsprechend dem Artikel 486 des Bürgerlichen Rechts, und die in dem gleichen Artikel vorgesehenen Maßregeln zugunsten seines Vermögens, seiner Person und im Interesse seiner Kinder, die er bei sich behält, für erforderlich er-scheinen lassen;

daß in der Tat das moralische Verhalten des Herrn d'Espard, der feit einigen Jahren schwere Besorgnisse erregt hat, die sich auf seine Dispositionen bei der Leitung seiner geschäftlichen Angelegenhei-ten, besonders im Verlaufe des letzten Jahres, beziehen, einen be-klagenswerten Tiefstand erreicht hat; daß zuerst sein Wille die Wir-kungen dieses Übels gezeigt, und daß sein Verfall den Herrn Mar-quis d'Espard allen Gefahren einer Dispositionsunfähigkeit ausge-setzt hat, was durch die folgenden Umstände bewiesen wird:

Seit langer Zeit gehen alle Einkünfte aus den Gütern des Marquis d'Espard ohne Grund und ohne Anrecht an eine alte Frau, deren abschreckende Häßlichkeit allgemein bekannt ist, an eine gewisse Frau Jeanrenaud, wohnhaft abwechselnd in Paris, Rue de la Brillière, Nr. 8, und in Villeparisis, nahe bei Claye, im Departement Seine-et-Marne, zugunsten ihres Sohnes, sechsunddreißig Jahr alt, Offizier der früheren kaiserlichen Garde, den durch sein Fürwort der Herr Marquis d'Espard in der königlichen Garde als Eskadronchef im ersten Kürassierregiment untergebracht hat. Diese Personen, die im Jahre 1814 in das äußerste Elend geraten waren, haben nacheinander Grundstücke von erheblichem Wert erworben, unter anderem zuletzt ein Hotel in der Grande-Rue-Verte, wo der Herr Jeanrenaud jetzt erhebliche Ausgaben macht, um sich hier mit der Dame Jeanrenaud, seiner Mutter, mit Rücksicht auf eine geplante Heirat niederzulassen; diese Ausgaben belaufen sich bereits auf mehr als hunderttausend Franken. Die Heirat ist auf Betreiben des Marquis d'Espard bei seinem Bankier, dem Herrn Mongenod, in Aussicht genommen worden, um dessen Nichte er für den genannten Herrn Jeanrenaud angehalten hat, indem er versprach, durch seinen Einfluß für ihn die Würde eines Barons zu erlangen. Die Ernennung ist tatsächlich durch Erlaß Sr. Majestät mit dem Datum des letzten 29. Dezember vollzogen worden, auf Ansuchen des Marquis d'Espard, wie es auch von Seiner Exzellenz dem Herrn Großsiegelbewahrer bestätigt werden kann, wenn das Gericht es für erforderlich halten sollte, sein Zeugnis herbeizuziehen;

daß kein Grund, ›selbst keiner von denen, die Gesetz und Moral in gleicher Weise mißbilligen‹, die Herrschaft rechtfertigen kann, die die Witwe, Frau Jeanrenaud, über den Marquis d'Espard ausübt, der sie übrigens sehr selten zu Gesicht bekommt; noch seine merkwürdige Vorliebe für den genannten Herrn Baron Jeanrenaud erklären kann, dessen Verkehr mit ihm nicht häufig stattfindet: gleichwohl ist ihr Einfluß so groß, daß jedesmal, wenn sie Geld brauchen, selbst um einem einfachen Gelüst nachzugeben, diese Dame oder ihr Sohn...«

»Na, na! ›Grund, den Gesetz und Moral mißbilligen!‹ Was will uns der Schreiber oder der Anwalt da vorreden?« sagte Popinot.

Bianchon fing an zu lachen.

»... Diese Dame oder ihr Sohn erhalten ohne jeden Einspruch des Marquis d'Espard, was sie verlangen, und in Ermangelung baren Geldes zieht der Herr d'Espard Wechsel auf den Herrn Mongenod, der sich erboten hat, sie zu girieren;

daß es (zur Bekräftigung dieser Tatsachen) neulich, als die Verpachtung des Gutes d'Espard erneuert werden sollte, und die Pächter einen ziemlich erheblichen Preis für die Verlängerung ihrer Verträge boten, vorgekommen ist, daß der Herr Jeanrenaud unmittelbar die Auflösung der Verträge erwirkt hat;

daß der Wille des Marquis d'Espard mit der Hergabe dieser Beträge so wenig zu tun hat, daß er sich, wenn man mit ihm davon sprach, durchaus nicht daran zu erinnern schien; daß jedesmal, wenn gewichtige Persönlichkeiten ihn wegen seiner Hingebung für diese beiden Personen befragt haben, seine Antworten eine so völlige Verleugnung seiner Ansichten und Interessen angezeigt haben, daß bei dieser Sache notwendigerweise ein geheimer Anlaß bestehen muß, auf den die Ansucherin das Auge der Justiz zu lenken wünscht, da dieser Anlaß fraglos strafbarer, widerrechtlicher oder gewalttätiger Art sein muß oder von einer Art, die die legale Medizin angeht, wenn anders diese Besessenheit nicht eine solche ist, die auf einen Mißbrauch der moralischen Gewalt deutet, und die man nur mit dem außergewöhnlichen Ausdruck ›Possessio‹ bezeichnen kann...«

»Donnerwetter!« unterbrach sich Popinot, »was sagst du dazu, Doktor? Das sind ja recht merkwürdige Tatsachen.«

»Sie könnten«, antwortete Bianchon, »eine Wirkung magnetischer Kräfte sein.«

»Du glaubst also an die Dummheiten Mesmers, an sein Faß, an die Möglichkeit, durch die Wände zu sehen?«

»Jawohl, lieber Onkel«, sagte der Doktor ernsthaft. »Als ich Sie die Anklage lesen hörte, dachte ich daran. Ich erkläre Ihnen, daß ich mich bei einer anderen Sachlage von der Richtigkeit analoger Tatsachen in bezug auf die Ausübung unbeschränkter Macht überzeugt habe, die ein Mensch auf einen anderen ausüben kann. Ich bin, im Gegensatz zu der Ansicht meiner Kollegen, vollkommen von der Macht des Willens überzeugt, wenn er als eine bewegende Kraft angesehen wird. Ich habe, bei Ausschluß jeder Taschenspielerei und Scharlatanerie, die Wirkungen solch einer Hypnose mitangesehen. Was der Hypnotisierte dem Magnetiseur während des Schlafes versprochen hat, das ist im wachen Zustande peinlich erfüllt worden. Der Wille des einen ist der des anderen geworden.«

»Jede Art von Handlung?«

»Jawohl.«

»Selbst eine verbrecherische?«

»Selbst eine verbrecherische.«

»Einem andern als dir würde ich gar nicht zuhören.«

»Sie sollen selbst Augenzeuge sein«, sagte Bianchon. »Hm, hm«, bemerkte der Richter. »Angenommen, daß der Grund für diese ›Besessenheit‹ zu dieser Gruppe von Tatsachen gehört, so würde es schwierig sein, ihn festzustellen und vor Gericht zu bringen.«

»Da diese Dame Jeanrenaud abschreckend häßlich und alt ist, so kann ich nicht einsehen, welches andere Verführungsmittel sie haben könnte,« sagte Bianchon.

»Im Jahre 1814 aber,« bemerkte der Richter, »zu der Zeit, als sich diese Verführung geltend machte, war die Frau vierzehn Jahre jünger; und wenn sie zehn Jahre vorher Beziehungen zu Herrn d'Espard eingegangen ist, dann führen uns diese Erwägungen um vierundzwanzig Jahre zurück, also in eine Zeit, wo die Dame jung und hübsch sein und auf sehr natürliche Weise zu ihren Gunsten wie zu denen ihres Sohnes eine Macht über Herrn d'Espard ausgeübt haben konnte, der sich manche Männer nicht zu entziehen vermögen. Frau Jeanrenaud wird sich über die Heirat erzürnt haben, die damals zwischen dem Marquis d'Espard und denn Fräulein von Blamont-Chauvoy eingegangen wurde, und es könnte sich im Grunde nur um die Rivalität einer Frau handeln, da ja der Marquis schon seit langer Zeit nicht mehr mit Frau d'Espard zusammenlebt.«

»Und diese abschreckende Häßlichkeit, lieber Onkel?«

»Die Macht der Verführung,« entgegnete der Richter, »steht in direktem Verhältnis zur Häßlichkeit, das ist eine alte Frage! Aber fahren wir fort.«

»Daß seit dem Jahre 1815, um die von den beiden Personen verlangten Beträge zu beschaffen, der Marquis d'Espard mit seinen beiden Kindern in der Rue de la Montagne-Sainte-Geneviève eine Wohnung bezogen hat, deren Ärmlichkeit seines Namens und seines Standes unwürdig ist (man kann eine Wohnung nehmen, wie man will!); er unterhält dort seine beiden Kinder, den Grafen Clément d'Espard und den Vicomte Camille d'Espard, unter Lebensbedingungen, die im Mißverhältnis zu ihrer Zukunft, ihrem Namen und ihrem Vermögen stehen; daß häufig der Geldmangel so groß ist, daß kürzlich der Hauseigentümer, ein Herr Mariast, die eingestellten Möbel mit Beschlag belegen ließ; daß, als dieses Vorgehen in seiner Gegenwart geschah, der Marquis d'Espard dem Gerichtsvollzieher geholfen und ihn wie einen Mann von Stande behandelt hat, indem er ihn mit allen Zeichen der Höflichkeit und Aufmerksamkeit überhäuft hat, wie er sie nur für jemanden, der höher an Würde steht als er, haben dürfte...«

Der Onkel und der Neffe sahen einander an und lachten.

»Daß im übrigen seine ganze Handlungsweise, abgesehen von den in bezug auf die Witwe Jeanrenaud und den Baron Jeanrenaud, ihren Sohn, von Irrsinn durchtränkt ist; daß er sich seit bald zehn Jahren ausschließlich mit China beschäftigt, mit seinen Gewohnheiten, seinen Sitten, seiner Geschichte, und daß er alles auf chinesische Gebräuche zurückführt; daß er, hierüber befragt, die augenblicklichen Geschehnisse, die Ereignisse von gestern mit den entsprechenden in China verwechselt; daß er die Handlungen des Parlaments und das Benehmen des Königs, den er übrigens persönlich verehrt, kritisiert. indem er sie mit der chinesischen Politik vergleicht;

daß diese Monomanie den Marquis d'Espard zu sinnlosen Handlungen getrieben hat; daß, gegen den Brauch bei seinem Range und gegen seine Ansichten über die Pflichten des Adels, er sich auf ein Handelsgeschäft eingelassen hat, für das er täglich Wechsel unterzeichnete, die heute seine Ehre und sein Vermögen bedrohen, da sie ihn unter den Beruf eines Kaufmanns einreihen und ihn bei Nichtzahlung zur Konkursanmeldung zwingen können; daß diese Wechsel gezogen auf Papierhändler, Drucker, Lithographen und Koloristen, die ihm die Unterlagen für eine Publikation mit dem Titel ›Pittoreske Geschichte Chinas‹, in Lieferungen erscheinend verschaffen, von solcher Erheblichkeit sind, daß diese selben Lieferanten die Antragstellerin gebeten haben, die Unmündigkeitserklärung des Marquis d'Espard zu beantragen, um die Bezahlung ihrer Forderungen zu retten...«

»Dieser Mann ist verrückt!« rief Bianchon.

»Du magst das wohl glauben!« sagte der Richter. »Aber man muß ihn anhören. Wer nur eine Glocke hört, hört nur einen Ton.«

»Aber mir scheint...« sagte Bianchon.

»Aber mir scheint,« sagte Popinot, »daß, wenn jemand von meinen Verwandten sich der Verwaltung meines Vermögens bemächtigen wollte, und wenn ich, statt ein einfacher Richter, ein Herzog und Pair wäre, ein etwas gerissener Anwalt wie Desroches eine ähnliche Klage gegen mich einleiten könnte.«

»Daß die Erziehung seiner Kinder unter dieser Monomanie gelitten und daß er ihnen, im Gegensatz zu allem sonst üblichen Unterricht, die Tatsachen der chinesischen Geschichte, die der Doktrin der katholischen Religion widersprechen, und auch die chinesischen Dialekte hat beibringen lassen...« »Hier wirkt Desroches komisch«, sagte Bianchon. »Daß er häufig seine Kinder von dem Notwendigsten entblößt sein läßt; daß die Antragstellerin sie, trotz ihrer dringenden Bitten, nicht zu sehen bekommt; daß der Herr Marquis d'Espard sie ihr nur einmal im Jahre zuführt; daß sie, in Kenntnis der Entbehrungen, die ihnen auferlegt sind, vergebliche Anstrengungen gemacht hat, um ihnen das für ihre Existenz Notwendigste, dessen sie entbehrten, zu verschaffen...«

»Oh, Frau Marquise, das ist Unsinn! Wer zuviel beweisen will, beweist gar nichts. – Mein liebes Kind,« sagte der Richter und ließ das Aktenstück auf seine Knien sinken, »welche Mutter hat jemals so wenig Herz, Verstand, Empfindung gehabt, daß sie nicht einmal dem vom tierischen Instinkt eingegebenen Gefühl gehorcht habe? Eine Mutter besitzt List genug, um sich ihren Kindern zu nähern, wie ein junges Mädchen, um eine Liebesgeschichte zu einem guten Ende zu führen. Wenn deine Marquise ihre Kinder wirklich ernähren und kleiden wollte, so hätte kein Teufel sie daran hindern können, niemals, was? Diese Sache ist ein bißchen zu stark für einen alten Richter! Aber fahren wir fort:

Daß das Alter, welches die Kinder erreicht haben, sofort Vorkehrungen verlangt, damit sie dem unheilvollen Einfluß einer solchen Erziehung entzogen werden, wie sie ihrem Range nicht entspricht, und damit sie das Beispiel, das ihnen das Verhalten ihres Vaters gibt, nicht mehr vor Augen haben;

daß zur Unterstützung der hier angeführten Tatsachen Beweise vorhanden sind, die das Gericht leicht feststellen kann: mehrmals hat Herr d'Espard den Friedensrichter des zwölften Bezirks einen Mandarin dritter Klasse genannt; er hat häufig die Professoren des Gymnasiums Henri IV. ›gelehrte Leute genannt‹ (sie ärgern sich darüber!). In bezug auf die einfachsten Dinge hat er erklärt, daß so etwas in China nicht vorkäme; im Verlauf einer gewöhnlichen Unterhaltung spielt er bald auf die Dame Jeanrenaud, bald auf Ereignisse unter der Herrschaft Ludwigs XIV. an und verharrt dann in tiefer Melancholie: er bildet sich ein, in China zu sein. Mehrere Nachbarn, insbesondere die Herren Edmond Becker, Student der Medizin, und Jean-Baptiste Frémiot, Professor, die in demselben Hause wohnen, sind, nachdem sie den Marquis behandelt haben, der Ansicht, daß seine Monomanie in allem, was sich auf China bezieht, die Folge eines von dem Herrn Baron Jeanrenaud und seiner verwitweten Mutter geschmiedeten Plans ist, um die geistigen Fähigkeiten des Marquis d'Espard zu vernichten in der Erkenntnis, daß der einzige Dienst, den die Dame Jeanrenaud dem Herrn d'Espard noch leisten kann, darin besteht, daß sie ihm alles verschafft, was in Beziehung zum chinesischen Reich steht;

daß schließlich die Antragstellerin sich anbietet, dem Gericht zu beweisen, daß die Beträge, die von dem Herrn und der Witwe Jeanrenaud von 1814 bis 1828 empfangen wurden, sich auf nicht weniger als eine Million Franken belaufen.

Zur Bestätigung der vorgenannten Tatsachen bietet die Antragstellerin dem Herrn Präsidenten das Zeugnis von Personen an, die den Herrn Marquis d'Espard ständig sehen, und deren Namen und Beruf untenstehend genannt wird, und von denen viele gebeten haben, die Entmündigung des Herrn Marquis d'Espard zu beantragen, als des einzigen Mittels, sein Vermögen vor seiner bedauerlichen Verwaltung zu retten und seine Kinder von seinem verhäng-nisvollen Einfluß fernzuhalten.

In Anbetracht dessen, Herr Präsident, mit Rücksicht auf die bei-gefügten Beweisstücke und im Hinweis darauf, daß die vorgenann-ten Tatsachen den Zustand des Irrsinns und der Schwachsinnigkeit des hier benannten, geschilderten und hier wohnhaften Herrn Mar-quis d'Espard klar beweisen, stellt die Antragstellerin den Antrag, anzuordnen, daß, um zur Entmündigung des Betreffenden zu ge-langen, die vorliegende Klage und die Beweisstücke dem Herrn Staatsanwalt vorgelegt werden, und einem der Herren Mitglieder des Gerichtshofes einen Bericht an dem Tage, den Sie ihm bezeich-nen wollen, abstatten zu lassen, um über alles vom Gericht als dazu gehörig festgestellt im klaren zu sein, und Sie werden damit gerecht werden... usw.«

»Und hier,« sagte Popinot, »ist die Anordnung des Präsidenten, der mir die Sache überträgt! Nun, was will denn die Marquise d'Espard von mir? Ich weiß ja alles. Morgen werde ich mit meinem Gerichtsschreiber zu dem Herrn Marquis gehen, denn dieser Punkt scheint mir durchaus nicht klar zu sein.«

»Hören Sie, lieber Onkel, ich habe niemals den geringsten Dienst von Ihnen verlangt, der zu Ihrer richterlichen Tätigkeit irgendwie in Beziehung steht; nun, ich bitte Sie, der Madame d'Espard eine Ge-fälligkeit zu erweisen, auf die sie in ihrer Lage Anspruch hat. Wenn sie hierher käme, würden Sie sie anhören?« »Ja.«

»Nun, dann hören Sie sie doch in ihrem Hause an: Madame d'Espard ist eine kränkliche, nervöse, zarte Frau, die sich in Ihrem Rattennest übel befinden würde. Gehen Sie heute abend zu ihr, ohne ihre Einladung zum Diner anzunehmen, da das Gesetz Ihnen ja verbietet, bei Ihren Parteien zu essen oder zu trinken.«

»Verbietet das Gesetz nicht auch, von Toten ein Legat anzuneh-men?« sagte Popinot, der einen Schimmer von Ironie auf seines Neffen Lippen wahrzunehmen glaubte.

»Aber, lieber Onkel, und wäre es auch nur, um in dieser Angele-genheit die Wahrheit herauszubekommen, bewilligen Sie meine Bitte. Sie werden als Untersuchungsrichter kommen, da Ihnen die Verhältnisse nicht klar zu sein scheinen. Teufel noch mal! Die Befragung der Marquise ist nicht weniger notwendig als die ihres Mannes.«

»Du hast recht,« sagte der Richter, »es könnte recht gut sein, daß sie verrückt wäre. Ich werde hingehen.«

»Ich werde Sie abholen; schreiben Sie auf Ihren Kalender: ›Morgen abend neun Uhr bei Madame d'Espard.‹«

»Schön«, sagte Bianchon, als er seinen Onkel das Rendezvous notieren sah.

Am nächsten Abend um neun Uhr stieg der Doktor Bianchon die staubige Treppe zu seinem Onkel hinauf und fand ihn bei der Arbeit an einem schwierigen Urteil. Der von Lavienne bestellte Anzug war vom Schneider nicht gebracht worden, so daß Popinot seinen alten Rock voller Flecken nehmen mußte und wieder der Popinot ›incomptus‹ wurde, dessen Anblick diejenigen, denen sein intimes Leben unbekannt war, lächeln machen mußte. Bianchon gelang es immerhin, die Krawatte seines Onkels in Ordnung zu bringen und ihm seinen Rock anders zu knöpfen, dessen Flecken er dadurch verbarg, daß er die Aufschläge von rechts nach links zuknöpfte und so den noch neuen Teil des Tuches sehen ließ. Aber einige Augenblicke später schob der Richter seinen Rock über der Brust, durch die Art, wie er die Hände gewohnheitsmäßig in die Taschen steckte, wieder in die Höhe. Der vorne und hinten übermäßig faltige Rock bildete mitten auf dem Rücken einen Buckel und ließ zwischen Weste und Hose eine freie Stelle sehen, in der das Hemd erschien. Zu seinem Unglück bemerkte Bianchon diesen Zuwachs an Lächerlichkeit erst in dem Augenblick, wo sein Onkel sich bei der Marquise zeigte.

Eine kurze Skizze des Lebens der Persönlichkeit, zu der sich jetzt der Doktor und der Richter begaben, muß hier gegeben werden, um die Konferenz verständlich zu machen, die Popinot mit ihr abhalten sollte.

Madame d'Espard war seit sieben Jahren sehr in Mode in Paris, wo die Mode Personen, eine nach der andern, in die Höhe bringt und wieder fallen läßt, die, bald große, bald kleine, – das heißt abwechselnd im Vordergrunde oder vergessen –, später unerträgliche Menschen werden, wie es alle in Ungnade gefallenen Minister und alle abgesetzten Majestäten werden. Unbequem durch ihre veralteten Ansprüche, wissen diese Verherrlicher des Alten alles, schimpfen über alles und sind wie ruinierte Verschwender Allerweltsfreunde. Da sie von ihrem Manne im Jahre 1815 verlassen worden war, mußte sich Madame d'Espard zu Beginn des Jahres 1812 verheiratet haben; ihre Kinder mußten also, das eine fünfzehn, das andere dreizehn Jahre alt sein. Durch welchen Zufall war eine Familienmutter von ungefähr dreiunddreißig Jahren in Mode gekommen? Obgleich die Mode launenhaft ist und niemand im voraus ihre Günstlinge zu bezeichnen vermag, sie auch häufig sich für die Frau eines Bankiers oder für irgendeine Person von zweifelhafter Eleganz und Schönheit begeistert, muß es doch ganz ungewöhnlich erscheinen, wenn die Mode verfassungsmäßige Formen annimmt, indem sie eine »Altersvorsitzende« erkürt. Hier hatte die Mode es wie alle Welt gemacht, indem sie Madame d'Espard als junge Frau akzeptierte. Nach dem Standesregister war die Marquise dreiunddreißig Jahre alt und Abends im Salon zweiundzwanzig. Aber welche Sorgfalt und welche Kunstmittel wendete sie an! Kunstvolle Locken verhüllten ihre Schläfen. Sie lebte zu Hause bei gedämpftem Licht, indem sie die Kranke spielte, um in der vorteilhaften Beleuchtung eines von Musselin abgeblendeten Lichts zu bleiben. Wie Diana von Poitiers bevorzugte sie kaltes Wasser für ihr Bad; wie sie, schlief die Marquise auf Roßhaar und auf Kopfkissen von Maroquinleder, um ihr Haar zu schonen, aß wenig, trank nur Wasser, regelte ihre Bewegungen, um sich nicht zu ermüden, und vollzog die geringsten Handlungen mit mönchischer Genauigkeit. Diese harte Lebensweise wurde, wie man sagt, bis zum Gebrauch von Eis statt Wassers und bis zu kalten Speisen von einer berühmten Polin getrieben, die in unsern Tagen ein beinahe hundertjähriges Leben mit dem Verhalten und den Sitten einer kleinen Geliebten ausfüllt. Bestimmt dazu, ebenso lange zu leben wie Marion de Lorme, der die Biographen hundertunddreißig Jahre zubilligen, besitzt die Vizekönigin von Polen, die auch fast hundertjährig ist, jugendlichen Geist und Herz, ein reizendes Gesicht und eine zierliche Figur; sie vermag bei der Unterhaltung Männer und Bücher der modernen Literatur mit Männern und Büchern des achtzehnten Jahrhunderts zu vergleichen. Von Warschau bestellt sie ihre Hauben bei Herbault. Eine vornehme Dame, ist sie hingebend wie ein junges Mädchen; sie schwimmt, sie rennt wie ein Lyzeumsschüler und verlieht es, sich auf ein Sofa ebenso graziös wie eine junge Kokette fallen zu lassen; sie schilt auf den Tod und mokiert sich über das Leben. Sie setzte einstmals den Kaiser Alexander in Erstaunen, und kann heute den Kaiser Nikolaus durch die Üppigkeit ihrer Feste überraschen. Sie läßt noch heute irgend einen verliebten jungen Mann Tränen vergießen, denn sie ist so alt, wie sie sein will. Kurz, sie ist ein wahres Feenmärchen, wenn sie auch nicht die Fee eines Märchen ist. Hatte Madame d'Espard Madame Zayoucek kennengelernt? Wollte sie von neuem ebenso beginnen? Wie dem auch sei, die Marquise bewies die Richtigkeit dieser Lebensweise, ihr Teint war rein, ihre Stirn befaß keine Runzeln, ihr Körper bewahrte, wie der der Geliebten Heinrichs II., seine Geschmeidigkeit, seine Frische, geheime Anziehungskräfte, die die Liebe bei einer Frau herbeiführen und festhalten. Die so einfachen Vorsichtsmaßregeln dieser von der Kunst, von der Natur, vielleicht von der Erfahrung angezeigten Lebensweise hatte sie übrigens in ein allgemeines System gebracht, das sie noch verstärkte. Die Marquise besaß eine ausgesprochene Gleichgültigkeit gegen alles, was nicht sie selbst betraf; die Männer amüsierten sie, aber keiner von ihnen hatte ihr eine große Erregung verursacht, wie sie zwei Menschen tief bewegen und den einen durch den andern erschöpfen. Sie empfand weder Haß noch Liebe. Beleidigt, rächte sie sich, mit kalter Ruhe abwartend, indem sie auf die Gelegenheit harrte, wo sie ihre bösen Absichten gegen irgend jemanden ausführen konnte, der in ihrer Erinnerung einen üblen Platz hatte. Sie war nicht sehr beweglich und ließ sich von nichts erregen; sie sprach nur, weil sie wußte, daß eine Frau durch zwei Worte drei Männer töten kann. Als Herr d'Espard sie verließ, empfand sie ein besonderes Vergnügen: nahm er nicht die beiden Kinder mit sich, die sie jetzt langweilten und die ihr später bei ihren Ansprüchen schädlich werden konnten? Weder ihre intimsten Freunde noch ihre am wenigsten ausdauernden Anbeter erblickten bei ihr eins dieser Kleinode à la Cornelia, die beim Kommen und Gehen unbewußt das Alter der Mutter verraten; alle hielten sie für eine junge Frau. Die beiden Kinder, um die sich die Marquise in ihrer Klageschrift so zu sorgen schien, waren, ebenso wie ihr Vater, der Gesellschaft so unbekannt wie die Nordostpassage den Seeleuten. Herr d'Espard galt für ein Original, der seine Frau verlassen hatte, ohne gegen sie auch nur den geringsten Grund zur Klage zu haben. Herrin ihrer Person mit zweiundzwanzig Jahren, Herrin ihres Vermögens, das ihr eine Rente von sechsundzwanzigtausend Franken gewährte, zögerte die Marquise lange, bevor sie einen Entschluß faßte, wie sie leben wollte. Obgleich sie von den Ausgaben, die ihr Mann in seinem Hause gemacht hatte, Nutzen hatte, obgleich sie die Möbel, die Equipagen, die Pferde, kurz ein vollkommen ausgestattetes Haus behielt, führte sie doch zuerst ein zurückgezogenes Leben während der Jahre 16, 17 und 18, in der Zeit, wo sich die Familien von den Zusammenbrüchen, die die politischen Stürme verursacht hatten, erholten. Da sie übrigens zu einem der bemerkenswertesten und berühmtesten Häuser des Faubourg Saint-Germain gehörte, rieten ihr ihre Verwandten, nach der erzwungenen Trennung, zu der sie die unerklärliche Laune ihres Mannes genötigt hatte, häuslich zu leben. Im Jahre 1820 schüttelte die Marquise ihre Lethargie ab, erschien bei Hofe, bei den Festen und empfing bei sich; sie hatte ihren Jour, ihre Besuchsstunden; dann nahm sie bald Platz auf dem Throne, auf dem vorher die Frau Vicomtesse de Beauséant, die Herzogin von Langeais, Madame Firmiani geglänzt hatten, die nach ihrer Verheiratung mit Herrn de Camps, auf das Szepter zugunsten der Herzogin von Maufrigneuse verzichtet hatte, der es Madame d'Espard dann entriß. Die Gesellschaft wußte nichts von dem intimen Leben der Marquise d'Espard. Sie schien lange Zeit am Pariser Horizont leben zu sollen, wie eine Sonne, die im Begriff ist, unterzugehen, die aber niemals untergehen will. Die Marquise war eng befreundet mit einer Herzogin, die weniger berühmt durch ihre Schönheit als durch ihre hingebende Liebe zu einem Prinzen war, der damals in Ungnade stand, aber immer bereit war, als Leiter in eine künftige Regierung einzutreten. Madame d'Espard war ferner die Freundin einer Ausländerin, bei der ein berühmter und schlauer russischer Diplomat die politischen Angelegenheiten klarlegte. Endlich hatte eine alte Gräfin, gewöhnt daran, im großen politischen Spiel die Karten zu mischen, sie in mütterlicher Weise adoptiert. Für jeden Mann von großen Gesichtspunkten bereitete sich Madame d'Espard darauf vor, einen verschwiegenen, aber tatsächlichen Einfluß dem offenen und leichtsinnigen, den sie der Mode schuldete, folgen zu lassen. Ihr Salon nahm eine politische Färbung an. Die Worte: »Was sagt man darüber bei Madame d'Espard? Der Salon Madame d'Espards ist gegen eine solche Maßnahme,« begannen von einer ziemlich großen Anzahl von Dummköpfen wiederholt zu werden, so daß sie ihrer Truppe Getreuer die

Autorität einer Koterie verliehen. Einige verletzte Politiker, die von ihr getröstet und gestreichelt wurden, wie der Günstling Ludwigs XVIII., dem keine Beachtung mehr geschenkt wurde, und ehemalige Minister, die bald wieder zur Macht kommen sollten, erklärten sie für ebenso erfahren in der Diplomatie wie die Frau des russischen Gesandten in London. Die Marquise hatte mehrfach vor Deputierten oder vor Pairs Worte und Gedanken geäußert, die von der Kammertribüne her in Europa Widerhall gefunden hatten. Sie hatte häufig Ereignisse richtig beurteilt, über die ihre Stammgäste nicht wagten, eine Meinung zu äußern. Die bedeutendsten Hofleute spielten Abends bei ihr Whist. Sie hatte übrigens auch die Vorzüge ihrer Fehler. Sie galt als diskret und war es auch. Ihre Freundschaft hielt jeder Probe stand. Sie unterstützte ihre Günstlinge mit einer Zähigkeit, die bewies, daß sie weniger Gewicht darauf legte, sich Kreaturen zu schaffen, als das Vertrauen zu ihr zu erhöhen. Dieses Verhalten war ihr von ihrer Hauptleidenschaft eingegeben, von ihrer Eitelkeit. Eroberungen und Vergnügungen, an denen so viele Frauen hängen, schienen ihr nur Hilfsmittel zu sein: sie wollte an allen Stellen des größten Kreises, den das Leben umschreiben kann, leben. Unter den noch jungen Männern, die sich an großen Tagen in ihren Salons drängten, fielen die Herren de Marsay, de Ronquerolles, de Montriveau, de la Roche-Hugon, de Sérizy, Ferrand, Maxime de Trailles, de Listomère, die beiden Vandenesse, du Châtelet u.a. auf. Häufig ließ sie einen Mann bei sich zu, ohne seine Frau empfangen zu wollen, und ihre Macht war stark genug, um solche harten Bedingungen gewissen ehrgeizigen Personen aufzuerlegen, wie den beiden berühmten royalistischen Bankiers, den Herren de Nucingen und Ferdinand du Tillet. Sie hatte die starken wie die schwachen Seiten des Pariser Lebens so genau studiert, daß sie ihr Benehmen so einzurichten wußte, um keinem Mann auch nur den geringsten Vorteil über sich einzuräumen. Man hätte eine ungeheure Summe für ein Billett oder einen Brief, worin sie sich kompromittierte, aussetzen können, ohne auch nur einen einzigen zu finden. Wenn die Unempfindlichkeit ihrer Seele ihr gestattete, ihre Rolle natürlich zu spielen, so kam ihr ihr Äußeres dabei nicht weniger zustatten. Sie besaß eine jugendliche Figur. Ihre Stimme war, wie sie es wünschte, biegsam, frisch, klar und hart. Sie besaß in höchstem Grade das Geheimnis aristokratischer Haltung, mit der eine Frau das Gewesene auslöscht. Die Marquise verstand die Kunst sehr wohl, einen ungeheuren Zwischenraum zwischen sich und den Mann zu legen, der nach einem flüchtigen Glück ein Recht auf Vertraulichkeit zu haben glaubt. Ihr gebietender Blick verstand, alles zu leugnen. Bei ihrer Unterhaltung schienen erhabene schöne Gefühle, vornehme Grundsätze in natürlicher Weise einer reinen Seele und einem reinen Herzen zu entspringen; in Wirklichkeit aber war alles bei ihr Berechnung, sie war fähig, einen ungeschickten Mann in seiner Tätigkeit zunichte zu machen, sobald sie schamlos ihren eigenen Interessen damit dienen zu können glaubte. Als er versuchte, sich an sie anzuschließen, hatte Rastignac wohl gut in ihr das geschickteste Instrument erkannt, aber er hatte sich seiner noch nicht bedient; fern davon, es handhaben zu können, ließ er sich davon bereits zerbrechen. Dieser junge Condottiere der Intelligenz, verurteilt dazu, wie Napoleon, immer zu kämpfen mit dem Bewußtsein, daß eine einzige Niederlage das Grab seines Glücks sein würde, war in seiner Beschützerin einem gefährlichen Gegner begegnet. Zum ersten Mal in seinem stürmischen Leben spielte er eine ernsthafte Partie mit einem seiner würdigen Partner. In der Eroberung der Madame d'Espard winkte ihm ein Ministerium. Deshalb diente er ihr, bevor er sich ihrer bediente: ein gefährlicher Anfang.

Das Hotel d'Espard verlangte eine zahlreiche Dienerschaft, der Aufwand der Marquise war bemerkenswert. Die großen Empfänge fanden im Erdgeschoß statt, die Marquise selbst bewohnte das erste Stockwerk ihres Hauses. Das Aussehen der reich geschmückten Treppe, die in dem vornehmen Geschmack, der einst in Versailles geherrscht hatte, geschmückten Räume sprachen von einem ungeheuren Vermögen. Als der Richter das Tor vor dem Kabriolett seines Neffen sich öffnen sah, prüfte er mit schnellem Blick die Portiersloge, den Schweizer, den Hof, die Ställe, die Verteilung der Räume, die Blumen, die die Treppe zierten, die peinliche Sauberkeit der Treppengeländer, die Wände, die Teppiche, und zählte die livrierten Diener, die beim Anschlagen der Glocke auf dem Treppenabsatz erschienen. Seine Augen, die am Tage vorher in seinem Sprechzimmer die Größe des Elends im schmutzigen Gewande des Volkes geprüft hatten, untersuchten jetzt mit der gleichen Klarheit des Blickes das Mobiliar und die Ausschmückung der Zimmer, durch die er ging, um hier das Elend der menschlichen Größe zu finden:

»Herr Popinot. Herr Bianchon.«

Die beiden Namen wurden am Eingang zum Boudoir, in dem sich die Marquise befand, einem hübschen, neu möblierten Zimmer, das nach dem Garten des Hotels hinausging, angemeldet. Madame d'Espard saß hier in einem alten Rokokofauteuil, den »Madame« in Mode gebracht hatte. Rastignac befand sich neben ihr zur Linken auf einem Lehnstuhl, in dem er sich wie der ›Primo‹ einer italienischen Dame niedergelassen hatte. Aufrecht, an der Kaminecke stehend, war noch eine dritte Person zugegen. Wie es der gelehrte Doktor vermutet hatte, war die Marquise eine Dame von trocknem, nervösem Temperament; ohne ihre Lebensweise hätte ihr Teint die rötliche Farbe gezeigt, die ein ständiges Sicherregen verleiht; aber sie verstärkte noch ihre falsche Blässe durch die Nuancen und die kräftigen Töne der Stoffe, mit denen sie sich umgab oder in die sie sich kleidete. Braunrot, Kastanienbraun, Schwarzbraun mit goldenen Lichtern standen ihr vortrefflich. Ihr Boudoir, dem einer berühmten Lady, damals in London in Mode, nachgebildet, war in lohefarbenem Samt gehalten; aber sie hatte noch zahlreiche Verzierungen hinzufügen lassen, deren hübsche Muster das ungewöhnlich Pompöse dieser königlichen Farbe milderten. Sie war wie eine jugendliche Person, mit zusammengefaßten Scheiteln frisiert, die das etwas längliche Oval ihres Gesichts hervortreten ließen; denn ebenso wie die runde Form unfein wirkt, ebenso wirkt die längliche majestätisch. Geschliffene Doppelspiegel, die nach Belieben ein Gesicht verlängern oder verbreitern, geben einen überzeugenden Beweis davon, wie sich dieser Grundsatz auf die Physiognomie anwenden läßt.

Als sie Popinot bemerkte, der auf der Schwelle wie ein erschrecktes Tier stehen blieb, mit vorgestrecktem Halse, die linke Hand in seiner Tasche, die Rechte mit einem Hut bewaffnet, dessen Futter fettig war, warf die Marquise Rastignac einen Blick zu, in dem etwas von Mokanterie aufkeimte. Der ein bißchen lächerliche Anblick paßte so gut zu seiner grotesken Kleidung und seinem erschreckten Aussehen; so daß beim Anblick des betrübten Gesichts Bianchons, der sich durch seinen Onkel gedemütigt fühlte, Rastignac sich nicht abhalten konnte, mit abgewendetem Kopf zu lachen. Die Marquise grüßte mit einer Neigung des Kopfes und machte eine vergebliche Anstrengung, sich aus ihrem Fauteuil zu erheben, in den sie, nicht ohne Grazie, wieder zurücksank, wobei sie sich wegen der Unhöflichkeit ihrer gespielten Schwäche entschuldigte. In diesem Moment grüßte die Person, die zwischen dem Kamin und der Tür stand, leicht, schob zwei Stühle vor und bot sie mit einer Handbewegung dem Doktor und dem Richter an; dann, als er sah, daß sie Platz genommen hatten, lehnte er seinen Rücken wieder gegen die Wand und kreuzte die Arme. Ein Wort über diesen Mann. Es gibt heute einen Maler, Descamps, der im höchsten Grade die Kunst versteht, für das zu interessieren, was er einem vor Augen führt, sei es ein Stein oder ein Mensch. Unter diesem Gesichtspunkt ist sein Bleistift wissender als sein Pinsel. Wenn er ein kahles Zimmer zeichnet und an der Mauer einen Besen stehen läßt, so wird man, wenn er es will, erzittern: man glaubt, daß dieser Besen eben das Instrument eines Verbrechens gewesen ist und von Blut trieft; es wird der Besen sein, dessen sich die Witwe Bancal bedient hat, um den Saal zu reinigen, in dem Fualdès hingeschlachtet wurde. Der Maler wird den Besen zerzaust aussehen lassen, wie wenn es ein Mensch in Zorn wäre, er wird die Haare emporsteigen lassen, als ob es unsere eigenen bebenden Haare wären; er wird dabei zum Dolmetscher zwischen der geheimen Poesie seiner Einbildungskraft und der, die sich bei uns entwickelt. Nachdem er uns heute durch die Lebendigkeit dieses Besens erschreckt hat, wird er morgen irgendeinen andern zeichnen, neben dem eine schlafende, aber in ihrem Schlaf geheimnisvolle Katze uns versichert, daß dieser Besen der Frau eines deutschen Schusters dient, die auf den Brocken reiten will. Oder es wird irgend ein friedlicher Besen sein, an dem er den Rock eines Angestellten beim Schatzamt aufhängen will. Descamps besitzt in seinem Pinsel das, was Paganini in seinem Bogen besaß, eine mitteilbare magnetische Kraft. Man müßte nun dieses ergreifende Genie, diesen »Schick« des Bleistifts in einen andern Stil übertragen, um diesen geraden, mageren großen Mann zu malen, in schwarzem Anzug, mit langen schwarzen Haaren, der still dastand, ohne ein Wort zu reden. Dieser Herr besaß ein Gesicht wie eine Messerklinge, kalt und scharf, dessen Farbe dem Wasser der Seine glich, wenn es aufgerührt ist und Kohlen von einem gesunkenen Schiff mitführt. Er blickte zur Erde, hörte zu und überlegte. Seine Haltung war erschreckend. Er stand da wie der berühmte Besen, dem Descamps die anklagende Macht verliehen hat, ein Verbrechen zu enthüllen. Manchmal versuchte die Marquise während der Besprechung seine stillschweigende Ansicht zu vernehmen, während sie ihren Blick für einen Moment auf ihn richtete; aber so schnell diese stumme Frage war, er blieb ernst und steif wie die Statue des Kommandeurs.

Der gute Popinot saß auf der Kante seines Stuhls, dem Feuer gegenüber, seinen Hut zwischen den Beinen, und betrachtete die mit geschlagenem Gold geschmückten Kandelaber, die Uhr, die auf dem Kamin in Fülle vorhandenen Merkwürdigkeiten, den Stoff und die Verzierungen der Wandbekleidung, kurz all die hübschen, so teuren Nichtigkeiten, mit denen sich eine Frau umgibt, die in Mode ist. Er wurde aus seiner bourgeoisen Betrachtung durch Madame d'Espard gerissen, die mit ihrer Flötenstimme sagte: »Mein Herr, ich muß Ihnen millionenmal danken ...«

›Eine Million von Dank,‹ sagte der Biedermann zu sich, ›das ist zuviel, sie hat auch nicht einen für mich übrig.‹

»... für die Mühe, daß Sie sich herabgelassen haben ...«

›Herabgelassen?‹ dachte er, ›sie spottet über mich.‹

»... herabgelassen haben, eine arme Klägerin zu besuchen, die zu krank ist, um ausgehen zu können ...«

Hier schnitt der Richter der Marquise das Wort ab, indem er ihr einen forschenden Blick zuwarf, mit dem er den Gesundheitszustand der armen Klägerin prüfte. ›Es geht ihr ja ausgezeichnet!‹ sagte er sich.

»Gnädige Frau,« erwiderte er respektvoll, »Sie sind mir keinen Dank schuldig. Obgleich ein Besuch wie meiner beim Tribunal nicht üblich ist, dürfen wir uns doch keinen Schritt ersparen, um bei derartigen Angelegenheiten die Wahrheit aufzudecken. Unsere Urteile beruhen dann weniger auf dem Wortlaut des Gesetzes, als auf der Eingebung unseres Gewissens. Ob ich die Wahrheit in meinem Arbeitszimmer oder hier suche, das ist, vorausgesetzt daß ich sie finde, ganz gleich.«

Während Popinot so sprach, drückte Rastignac Bianchon die Hand, und die Marquise begrüßte den Doktor mit einer kleinen Neigung des Kopfes voll liebenswürdiger Freundlichkeit.

»Wer ist denn dieser Herr?« sagte Bianchon leise zu Rastignac und wies auf den Herrn in Schwarz.

»Der Chevalier d'Espard, der Bruder des Marquis.«

»Ihr Herr Neffe hat mir mitgeteilt«, erwiderte die Marquise Popinot, »wie stark Sie beschäftigt sind, und ich weiß bereits, daß Sie so gütig waren, eine Wohltat zu verheimlichen, um sich der Dankbarkeit Ihrer Schuldner zu entziehen. Es scheint, daß das Tribunal Sie außerordentlich ermüdet. Weshalb verdoppelt man nicht die Zahl der Richter?«

»Ach, Madame, da ist keine Not,« sagte Popinot, »das wäre nicht das Schlimmste. Aber ehe das geschieht, werden die Hühner Zähne bekommen.«

Bei diesen Worten, die so gut zu dem Gesicht des Richters paßten, sah ihm der Chevalier direkt ins Gesicht und schien sich zu sagen: ›Mit dem werden wir leicht fertig werden.‹

Die Marquise sah Rastignac an, der sich zu ihr herabneigte.

»So«, sagte er zu ihr, »sind die Leute beschaffen, die über die Interessen und das Leben der einzelnen zu entscheiden haben.«

Wie die Mehrzahl der Menschen, die in einem Beruf alt geworden sind, bewegte sich Popinot gern in den Formen, die er sich darin angeeignet hatte, das heißt in den geistigen Formen. Seine Unterhaltung schmeckte nach dem Untersuchungsrichter. Er liebte es, die Leute, mit denen er sprach, auszufragen, sie mit unerwarteten Schlüssen zu bedrängen und sie mehr sagen zu lassen, als sie verraten wollten. Pozzo di Borgo amüsierte sich damit, die Geheimnisse seiner Mitunterredner herauszubekommen, indem er sie durch die diplomatischen Fallen, die er stellte, in Verlegenheit brachte: Er entfaltete so in seiner unüberwindlichen Neigung seinen mit List gesättigten Geist. Sobald Popinot daher sozusagen das Terrain abgemessen hatte, auf dem er sich befand, war er der Meinung, daß es nötig sei, mit geschicktester, möglichst verstellter und am besten verheimlichter Schlauheit vorzugehen, wie es bei Gericht zu geschehen pflegt, wenn man die Wahrheit herausbekommen will.

Bianchon verhielt sich kühl und ernst, wie ein Mann, der sich entschieden hat, eine Qual auf sich zu nehmen und seine Schmerzen nicht laut werden zu lassen; aber innerlich wünschte er seinem Onkel die Macht, diese Frau wie eine Schlange zu zertreten: ein Vergleich, zu dem ihn das lange Kleid, die gekrümmte Haltung, der schlanke Hals, der kleine Kopf und die sich schlängelnden Bewegungen der Marquise veranlaßten.

»Nun, mein Herr«, entgegnete die Marquise, »wie stark auch meine Abneigung ist, den Egoisten zu spielen, ich leide schon seit zu langer Zeit, um nicht zu wünschen, daß Sie mit der Sache schnell zu Ende kämen. Werde ich auf eine baldige glückliche Lösung hoffen können?«

»Gnädige Frau, ich werde alles, was an mir liegt, tun, um sie zu Ende zu bringen,« sagte Popinot mit einem Gesichtsausdruck voller Biederkeit. »Kennen Sie den Grund, der die Trennung zwischen Ihnen und dem Marquis d'Espard veranlaßt hat?« fragte der Richter und sah die Marquise an.

»Nein, mein Herr«, sagte sie und setzte sich zurecht, um einen vorbereiteten Bericht zu erstatten. »Zu Beginn des Jahres 1816 schlug mir Herr d'Espard, dessen Laune sich seit drei Monaten völlig geändert hatte, vor, mit ihm bei Briançon, auf einem seiner Güter zu leben, ohne Rücksicht auf meine Gesundheit zu nehmen, die das Klima dort ruiniert haben würde, und ohne meine Lebensgewohnheiten in Betracht zu ziehen; ich weigerte mich, ihm zu folgen. Meine Ablehnung brachte ihn zu so unbegründeten Vorwürfen, daß ich von diesem Moment an Verdacht über die Klarheit seines Geistes schöpfte. Am nächsten Tage verließ er mich und überließ mir sein Hotel, die freie Verfügung über mein Einkommen, mietete sich in der Rue de la Montagne-Sainte-Geneviève ein und nahm meine beiden Kinder mit sich.«

»Gestatten Sie, gnädige Frau, unterbrach sie der Richter, »wie hoch war dieses Einkommen?

»Sechsundzwanzigtausend Franken Rente«, antwortete sie nebenhin. »Ich konsultierte sofort den alten Herrn Bordin, um zu wissen, was ich zu tun hätte,« fuhr sie fort; »aber es scheint, daß die Schwierigkeiten, einem Vater die Erziehung seiner Kinder zu nehmen, so groß sind, daß ich mich darauf beschränken mußte, mit zweiundzwanzig Jahren allein zu leben, einem Alter, in dem viele junge Frauen Torheiten begehen können. Sie haben jedenfalls meinen Antrag gelesen, mein Herr; Sie kennen die Haupttatsachen, auf die ich mich stütze, um die Entmündigung des Herrn d'Espard zu verlangen?«

»Haben Sie, gnädige Frau«, fragte der Richter, »Schritte getan, um Ihre Kinder von ihm wieder zu erhalten?«

»Jawohl, mein Herr, aber sie waren alle vergeblich. Es ist sehr grausam für eine Mutter, der Liebe ihrer Kinder beraubt zu sein, besonders wenn sie einem die Freuden gewähren könnten, an denen alle Frauen hängen.«

»Der Ältere muß sechzehn Jahre alt sein«, sagte der Richter.

»Fünfzehn«, erwiderte die Marquise schnell. Hier sah Bianchon Rastignac an. Madame d'Espard biß sich auf die Lippen.

»Inwiefern kommt das Alter meiner Kinder für Sie in Betracht?«

»Ach, gnädige Frau,« sagte der Richter, ohne daß er auf die Bedeutung seiner Worte zu achten schien, »ein junger Mensch von fünfzehn Jahren und sein Bruder, der sicher dreizehn Jahr alt sein wird, besitzen doch Beine und Intelligenz, sie würden Sie doch heimlich besuchen; wenn sie nicht kommen, so gehorchen sie ihrem Vater, und um ihm so weit zu gehorchen, müssen sie ihn sehr liebhaben.«

»Ich verstehe Sie nicht«, sagte die Marquise.

»Sie wissen vielleicht nicht,« erwiderte Popinot, »daß Ihr Anwalt in Ihrem Klageantrag behauptet, daß Ihre lieben Kinder sehr unglücklich bei ihrem Vater sind ...«

Madame d'Espard sagte mit reizender Harmlosigkeit: »Ich weiß nicht, was der Anwalt mich hat sagen lassen.«

»Verzeihen Sie mir meine Schlüsse, aber die Justiz muß alles abwägen«, fuhr Popinot fort. »Was ich Sie frage, ist von dem Wunsche diktiert, die Angelegenheit genau kennen zu lernen. Nach Ihrer Ansicht hätte Herr d'Espard Sie unter dem frivolsten Vorwand verlassen. Anstatt nach Briançon zu gehen, wohin er Sie bringen wollte, ist er in Paris geblieben. Dieser Punkt ist nicht klar. Kannte er diese Frau Jeanrenaud vor seiner Heirat?«

»Nein, mein Herr«, antwortete die Marquise mit einer Art Mißfallen, das nur für Rastignac und für den Chevalier d'Espard bemerkbar war.

Sie fühlte sich verletzt, daß sie von diesem Richter so auf das Sünderstühlchen gesetzt wurde, während sie sich vorgenommen hatte, sein Urteil zu verwirren; aber da die Haltung Popinots absichtlich harmlos blieb, so schob sie seine Fragen dem »Ausfragegeist« von Voltaires Schultheißen zu.

»Meine Eltern«, fuhr sie fort, »haben mich im Alter von sechzehn Jahren mit Herrn d'Espard verheiratet, dessen Name, Vermögen und Lebensweise dem entsprach, was meine Familie von dem Mann, der mein Gatte werden sollte, verlangte. Herr d'Espard war damals sechsundzwanzig Jahr alt, er war ein Gentleman im englischen Sinne des Wortes: sein Wesen gefiel mir, er schien viel Ehrgeiz zu besitzen, und ich liebe die Ehrgeizigen«, sagte sie und blickte Rastignac an. »Wäre Herr d'Espard nicht dieser Frau Jeanrenaud begegnet, so hätten ihn seine Anlagen, sein Wissen, seine Beziehungen nach dem damaligen Urteil seiner Freunde an die Spitze der Staatsgeschäfte gebracht; König Karl X., damals noch ›Monsieur‹, schätzte ihn hoch, und die Pairschaft, ein Hofamt, eine hohe Stellung warteten seiner. Diese Frau hat ihm den Kopf verdreht und die Zukunft einer ganzen Familie zerstört.«

»Wie waren die religiösen Anschauungen des Herrn d'Espard?«

»Er war«, sagte sie, »und ist auch jetzt noch sehr fromm.«

»Sie denken nicht, daß Frau Jeanrenaud mit einem geheimen Mittel auf ihn eingewirkt hat?«

»Nein, mein Herr.«

»Sie besitzen ein schönes Hotel, gnädige Frau«, sagte Popinot abbrechend und erhob sich, während er die Hände aus den Taschen nahm, um die Schöße seines Rocks beiseite zu schieben und sich zu wärmen. »Dieses Boudoir ist sehr schön, die Stühle sind prächtig, Ihre Zimmer sind kostbar: Sie müssen sich in der Tat darüber beklagen, während Sie sich hier aufhalten, Ihre Kinder so schlecht untergebracht, gekleidet und ernährt zu wissen. Für eine Mutter kann ich mir nichts Abscheulicheres vorstellen!«

»Gewiß, mein Herr. Ich möchte den armen Kleinen einige Annehmlichkeiten verschaffen, die ihr Vater von früh bis abends an diesem beklagenswerten Werk über China arbeiten läßt.«

»Sie geben schöne Bälle, die Kinder würden sich amüsieren, aber dabei Geschmack an der Zerstreuung finden; trotzdem könnte ihr Vater sie Ihnen wohl ein- oder zweimal im Winter schicken.«

»Er bringt sie mir zu Neujahr und zu meinem Geburtstage her. An diesen Tagen erweist mir Herr d'Espard die Gefälligkeit, mit ihnen bei mir zu speisen.«

»Das ist ein sehr eigenartiges Benehmen«, sagte Popinot und sah aus, als ob er überzeugt wäre. »Haben Sie die Frau Jeanrenaud einmal gesehen?«

»Eines Tages hat mein Schwager, aus Interesse für seinen Bruder ...«

»Ach,« unterbrach der Richter die Marquise, »der Herr ist der Bruder des Herrn d'Espard?«

Der Chevalier verneigte sich, ohne ein Wort zu sagen.

»Herr d'Espard, der die Angelegenheit verfolgte, hat mich in das Oratorium geführt, wohin diese Frau zur Predigt geht, sie ist Protestantin. Ich habe sie gesehen, sie hat nichts Anziehendes, sie sieht aus wie eine Fleischerfrau; sie ist äußerst fett und hat fürchterliche Pockennarben; sie hat Hände und Füße wie ein Mann, sie schielt, kurz, sie ist ein Monstrum.«

»Unbegreiflich!« sagte der Richter und schien der harmloseste aller Richter im Königreiche zu sein. »Und diese Person wohnt hier in der Nähe, in der Rue Verte, in einem Hotel! Es gibt keine Bourgeois mehr!«

»Ein Hotel, für das ihr Sohn unsinnige Ausgaben gemacht hat.«

»Gnädige Frau,« sagte der Richter, »ich wohne im Faubourg Saint-Marceau, ich kenne diese Art Ausgaben nicht; was nennen Sie unsinnige Ausgaben?«

»Nun,« sagte die Marquise, »einen Stall, fünf Pferde, drei Wagen, eine Kalesche, ein Coupé, ein Kabriolett.«

»Das kostet so viel?« sagte Popinot erstaunt.

»Kolossal«, unterbrach ihn Rastignac. »Ein solcher Haushalt braucht für den Stall, den Unterhalt der Wagen und die Kleidung der Leute zwischen fünfzehn und sechzehntausend Franken.«

»Meinen Sie, gnädige Frau?« fragte der Richter mit erstaunter Miene.

»O ja, wenigstens«, erwiderte die Marquise.

»Und das Möblement des Hotels hat auch noch mächtig viel gekostet?«

»Mehr als hunderttausend Franken«, antwortete die Marquise, die sich nicht enthalten konnte, über die Einfalt des Richters zu lächeln.

»Die Richter,« bemerkte der gute Mann, »sind ziemlich ungläubig, sie werden sogar dafür bezahlt, daß sie es sein sollen, und ich bin solch einer. Der Herr Baron Jeanrenaud und seine Mutter hätten also, wenn sich das so verhält, in merkwürdiger Weise Herrn d'Espard beraubt. Sie haben also einen Stall, der nach Ihrer Schätzung jährlich sechzehntausend Franken kostet. Die Tafel, die Löhne der Leute, die erheblichen häuslichen Ausgaben müssen das Doppelte betragen, was jährlich einen Betrag von fünfzig- bis sechzigtausend Franken ausmachen würde. Glauben Sie, daß diese Leute, vorher in so elenden Verhältnissen, ein so großes Vermögen haben können? Eine Million bringt kaum vierzigtausend Franken Rente.«

»Der Sohn und die Mutter haben das von Herrn d'Espard hergegebene Geld ins Staatsschuldbuch eintragen lassen, als die Rente auf 60 bis 80 stand. Ich glaube, daß sie ein Einkommen von mehr als sechzigtausend Franken haben müssen. Der Sohn hat außerdem ein sehr schönes Gehalt.«

»Wenn sie sechzigtausend Franken ausgeben,« sagte der Richter, »wie hoch sind denn Ihre Ausgaben?«

»Nun,« erwiderte Madame d'Espard, »annähernd ebenso hoch.«

Der Chevalier machte eine Bewegung, die Marquise errötete, Bianchon sah Rastignac an; aber der Richter sah so harmlos aus, daß die Marquise getäuscht wurde. Der Chevalier beteiligte sich nicht weiter an der Unterhaltung, er hielt alles für verloren.

»Diese Leute, gnädige Frau«, sagte Popinot, »gehören vor ein Sondergericht.«

»Das war auch meine Ansicht,« bemerkte die Marquise entzückt. »Wären sie mit der Sittenpolizei bedroht worden, so hätten sie mit sich reden lassen.«

»Gnädige Frau,« sagte Popinot, »als Herr d'Espard Sie verließ, hat er Ihnen da nicht Vollmacht gegeben für die Anlage und die Verwaltung Ihres Vermögens?«

»Ich verstehe den Sinn dieser Fragen nicht«, sagte die Marquise schnell. »Mir scheint, daß Sie, wenn Sie den Zustand in Betracht ziehen, in den mich der Wahnsinn meines Mannes versetzt, sich mehr mit ihm als mit mir beschäftigen sollten.«

»Gnädige Frau,« sagte der Richter, »wir kommen schon noch dahin. Bevor es Ihnen oder anderen die Verwaltung des Vermögens des Herrn d'Espard, wenn er entmündigt werden sollte, anvertraut, muß das Gericht wissen, wie Sie Ihr eigenes verwalten. Hätte Ihnen Herr d'Espard Vollmacht gegeben, so hätte er Ihnen sein Vertrauen bewiesen, und das Gericht würde diese Tatsache würdigen. Haben Sie Vollmacht von ihm? Dürfen Sie Immobilien ankaufen oder verkaufen oder Geld anlegen?«

»Nein, mein Herr; es gehört nicht zu den Gewohnheiten der Bla-mont-Chauvry, sich mit Geschäften zu befassen«, sagte sie, stark in ihrem Adelsstolz verletzt und ihre Angelegenheit vergessend. »Mein Vermögen ist unberührt, und Herr d'Espard hat mir keine Vollmacht gegeben.«

Der Chevalier hielt sich die Hand vor die Augen, um nicht seine starke Bestürzung sehen zu lassen, die ihm die geringe Vorsicht seiner Schwägerin verursachte, welche sich mit ihren Antworten zugrunde richtete. Popinot war, trotz der Umwege seines Verhörs, gerade aufs Ziel losgegangen.

»Gnädige Frau«, sagte der Richter und wies auf den Chevalier, »der Herr ist doch jedenfalls mit Ihnen verwandt? Wir können also offen vor diesen Herren reden.«

»Reden Sie nur«, sagte die Marquise, erstaunt über diese Vor-sicht.

»Also, gnädige Frau, ich gebe zu, daß Sie nur sechzigtausend Franken jährlich ausgeben, und dieser Betrag erscheint wohl ange-wendet, wenn man Ihre Ställe, Ihr Hotel, Ihre zahlreiche Diener-schaft und die Lebensweise in einem Hause in Rechnung zieht, dessen Luxus mir dem der Jeanrenauds überlegen zu sein scheint.«

Die Marquise machte eine zustimmende Bewegung.

»Also«, fuhr der Richter fort, »wenn Sie nur sechsundzwanzig-tausend Franken Rente haben, dann müssen Sie, unter uns gesagt, an die hunderttausend Franken Schulden haben. Der Gerichtshof würde also mit Recht annehmen, daß unter den Gründen, die Sie dazu veranlassen, die Entmündigung Ihres Herrn Gemahls zu ver-langen, ein persönliches Interesse steckt, ein Bedürfnis, sich Ihrer Schulden zu entledigen, wenn ... Sie ... welche ... haben. Das an mich gerichtete Gesuch hat mich für Ihre Lage interessiert, überlegen Sie es sich genau und beichten Sie mir. Es wäre noch Zeit, wenn meine Vermutungen richtig sein sollten, den Skandal eines Tadels zu ver-meiden, der in den Voraussetzungen enthalten sein würde, die das Gericht in seiner Erwägung ausspräche, wenn Sie Ihre Lage nicht klar und deutlich darstellen würden. Wir sind gezwungen, die Mo-tive der Antragsteller ebenso zu prüfen wie die Verteidigung des zu entmündigenden Mannes anzuhören und festzustellen, ob die Antragsteller nicht von der Leidenschaft verführt oder in nur allzu verbreiteter Begehrlichkeit vom geraden Wege abgekommen sind ...«

Die Marquise fühlte sich wie auf dem Rost des heiligen Laurentius.

...»Und ich muß Erklärungen in bezug auf diesen Punkt haben«, sagte der Richter.

»Ich will mit Ihnen, gnädige Frau, keine Rechnung aufstellen, aber ich möchte nur wissen, wie Sie einen solchen Haushalt von sechzigtausend Franken Rente führen konnten, und zwar seit mehreren Jahren. Es gibt viele Frauen, die in ihrem Haushalt ein solches Phänomen darstellen, aber Sie gehören doch nicht zu diesen Frauen. Sprechen Sie, Sie können doch durchaus rechtmäßige Unterhaltsmittel haben, königliche Gnadenbeweise, gewisse Hilfsmittel aus den kürzlich bewilligten Schadloshaltungen; aber in diesen Fällen wäre die Autorisation Ihres Gemahls erforderlich gewesen, um sie anzunehmen. Die Marquise war stumm geworden

»Denken Sie daran,« sagte Popinot, »daß Herr d'Espard sich vielleicht verteidigen will, sein Advokat wird das Recht haben, nachzuforschen, ob Sie Gläubiger haben. Dieses Boudoir ist neu möbliert, Ihre Zimmer haben auch nicht mehr das Mobiliar, das Ihnen im Jahre 1816 der Marquis überlassen hat. Wenn, wie Sie die Güte hatten, mir zu sagen, das Mobiliar für die Jeanrenauds teuer kam, so wird es Sie, die Sie eine vornehme Dame sind, noch mehr gekostet haben. Wenn ich auch ein Richter bin, so bin doch ein Mensch, ich kann mich täuschen, klären Sie mich auf. Denken Sie an die Verpflichtungen, die mir das Gesetz auferlegt, an die peinlich genauen Nachforschungen, die es verlangt, wenn es sich darum handelt, einen Familienvater zu entmündigen, der sich noch in der vollen Kraft seiner Jahre befindet. Deshalb werden Sie, Frau Marquise, die Einwände entschuldigen, die ich die Ehre habe, Ihnen zu unterbreiten, und über die es Ihnen leicht sein wird, mir einige Erklärungen zu geben. Wenn ein Mann wegen Irrsinns entmündigt werden soll, braucht er einen Kurator, wer soll dieser Kurator sein?«

»Sein Bruder«, sagte die Marquise.

Der Chevalier verbeugte sich. Es trat ein Moment des Stillschweigens ein, der für die fünf anwesenden Personen peinlich war. Indem er zu scherzen schien, hatte der Richter den wunden Punkt bei dieser Frau entdeckt. Popinots gutmütiges, bourgeoises Gesicht, über das die Marquise, der Chevalier und Rastignac zu lachen geneigt waren, hatte in ihren Augen seine wahren Züge gezeigt. Als sie ihn verstohlen beobachteten, bemerkten alle drei die tausend Charakteristiken dieses beredten Mundes. Der lächerliche Mensch wurde zu einem scharfsichtigen Richter. Seine Sorgsamkeit, das Boudoir zu bewerten, erklärte sich jetzt: er war von dem vergoldeten Elefanten ausgegangen, der die Uhr trug, um sich über diesen Luxus zu informieren, und hatte dabei im tiefsten Inneren dieser Frau gelesen.

»Wenn der Marquis d'Espard in China vernarrt ist,« sagte Popinot und zeigte auf die Kamingarnitur, »so freue ich mich zu sehen, daß seine Erzeugnisse Ihnen gleichfalls gefallen. Aber vielleicht ist es der Herr Marquis, dem Sie die reizvollen Chinoiserien hier verdanken«, sagte er und wies auf das kostbare Spielzeug.

Dieser geschmackvolle Spott ließ Bianchon lächeln, Rastignac erstarren, und die Marquise biß sich auf ihre schmalen Lippen.

»Mein Herr,« sagte Madame d'Espard, »anstatt der Verteidiger einer Frau zu sein, die vor die grausame Alternative gestellt ist, ihr Vermögen und ihre Kinder verloren zu sehen oder für die Feindin ihres Mannes zu gelten, klagen Sie mich noch an! Sie verdächtigen meine Absichten! Gestehen Sie, daß Ihr Verhalten eigenartig ist ...«

»Gnädige Frau,« erwiderte der Richter lebhaft, »die Untersuchung, die das Gericht bei derartigen Sachen anstellt, hätte jeden anderen Richter zu einem vielleicht weniger nachsichtigen Kritiker gemacht, als ich es bin. Glauben Sie übrigens, daß der Advokat des Herrn d'Espard sehr entgegenkommend sein wird? Wird er nicht verstehen, Absichten, die rein und selbstlos sind, zu verdächtigen? Ihr Leben wird nun ihm gehören, er wird es durchstöbern, ohne bei seinen Nachforschungen die respektvolle Ergebenheit zu bezeigen, die ich für Sie hege.«

»Ich danke Ihnen, mein Herr«, erwiderte die Marquise ironisch. »Nehmen wir einmal an, daß ich dreißigtausend oder fünfzigtausend Franken schulde, so wäre das für die Häuser d'Espard und de

Blamont-Chauvry eine Bagatelle; wenn aber mein Mann nun nicht im Besitz seiner Geisteskräfte wäre, würde das ein Hindernis für seine Entmündigung bedeuten?« »Nein, gnädige Frau«, sagte Popinot.

»Obgleich Sie mich mit einer Art Schlauheit ausgefragt haben, die ich bei einem Richter nicht voraussetzen konnte, zumal die Verhältnisse so liegen, daß Freimütigkeit genügt hätte, um alles zu erfahren«, fuhr sie fort, »und ich mich für berechtigt halte, nichts weiter zu sagen, will ich Ihnen doch ohne Umschweife antworten, daß meine Stellung in der Welt, daß alle diese Bemühungen, um mir meine Beziehungen zu erhalten, meinem Geschmack nicht entsprechen. Ich habe mein Leben damit begonnen, daß ich es lange Zeit in Einsamkeit verbrachte; aber das Interesse meiner Kinder machte sich geltend, ich habe empfunden, daß ich ihnen den Vater ersetzen müsse. Indem ich meine Freunde empfing, indem ich alle diese Beziehungen pflegte und Schulden machte, habe ich ihre Zukunft gesichert, habe ihnen eine glänzende Karriere vorbereitet, bei der Hilfe und Unterstützung finden werden; und um das zu erreichen, was sie so erhalten haben, würden viel Spekulanten, Richter oder Bankiers gern alles, was sie mich gekostet haben, hergeben.«

»Ich erkenne Ihre Hingebung an, gnädige Frau«, antwortete der Richter. »Es ehrt Sie, und ich rüge nichts in Ihrem Verhalten. Aber der Richter gehört allen: er muß alles kennen, er muß alles abwägen.« Der Takt der Marquise und ihre Übung, die Menschen zu beurteilen, ließen sie erkennen, daß Herr Popinot durch keine Bedenken beeinflußt werden könne. Sie hatte auf einen ehrgeizigen Richter gerechnet und war auf einen Mann mit reinem Gewissen gestoßen. Sie dachte sogleich an andere Mittel, um ihrer Sache Erfolg zu sichern. Die Diener brachten jetzt den Tee.

»Hat die gnädige Frau mir noch andere Erklärungen zu geben?« sagte Popinot, als er diese Zurüstungen sah.

»Tun Sie, was Ihres Amtes ist, mein Herr«, sagte sie hoheitsvoll. »Befragen Sie Herrn d'Espard, und Sie werden mich, dessen bin ich sicher, beklagen ...«

Sie hob den Kopf und sah Popinot mit einer Mischung von Stolz und Überheblichkeit an; der Biedermann empfahl sich respektvoll.

»Er ist ja recht nett, dein Onkel«, sagte Rastignac zu Bianchon. »Begreift er denn nichts, weiß er denn nicht, daß er mit der Marquise d'Espard zu tun hat, kennt er denn ihren Einfluß, ihre geheime Macht über die Gesellschaft nicht? Morgen wird sie den Großsiegelbewahrer bei sich sehen ...«

»Was soll ich dabei tun, mein Lieber,« sagte Bianchon, »habe ich dich nicht gewarnt? Das ist kein bequemer Mann.«

»Nein,« sagte Rastignac, »das ist ein Mann, der sehr unbequem werden kann.«

Der Doktor war genötigt, sich bei der Marquise und ihrem stummen Chevalier zu empfehlen und hinter Popinot herzueilen, der nicht der Mann war, in einer peinlichen Situation auszuharren.

»Diese Frau muß hunderttausend Taler schulden«, sagte der Richter, als er in das Kabriolett seines Neffen stieg.

»Was denken Sie von der Sache?«

»Ich bilde mir niemals eine Ansicht, bevor ich alles geprüft habe. Morgen ganz früh werde ich Frau Jeanrenaud auf vier Uhr zu mir in mein Arbeitszimmer vorladen, um Erklärungen von ihr über die Tatsachen, die sie betreffen, zu verlangen; denn sie ist kompromittiert.

»Ich möchte gern das Ende dieser Sache erfahren.«

»Aber, mein Gott, siehst du denn nicht, daß die Marquise das Werkzeug dieses großen mageren Mannes ist, der kein Wort gesprochen hat? Er hat etwas von Kain an sich, aber von einem Kain, der beim Gericht nach seiner Keule sucht, wo wir leider nur Damoklesschwerter haben.«

»Ach, Rastignac!« rief Bianchon aus, »was tust du auf dieser Galeere?«

»Wir sind daran gewöhnt, solche kleinen Komplotte in den Familien zu beobachten: es vergeht kein Jahr, wo nicht Urteile gefällt werden, die Anträge auf Entmündigung abweisen. Bei unsern Gesellschaftsanschauungen fühlt man sich durch solche Versuche nicht entehrt, während wir einen armen Teufel auf die Galeeren schicken, weil er eine Scheibe zerbrochen hat, die ihn von einem Häufchen Goldstücke trennt. Unser Code ist nicht ohne Fehler.«

»Aber die Tatsachen des Klageantrags?«

»Kennst du denn die Gerichtsromane noch nicht, mein Junge, die die Klienten ihren Anwälten aufbinden? Wenn die Anwälte sich dazu verdammt sähen, nur die Wahrheit vorzubringen, würden sie nicht die Zinsen ihrer Einkünfte verdienen.«

Am andern Tage stieg eine dicke Dame, die einem Faß glich, dem man ein Kleid und einen Gürtel umgetan hatte, um vier Uhr nachmittags schwitzend und schnaufend die Treppe zu dem Richter Popinot hinauf. Sie hatte sich mit großer Mühe aus einem grünen Landauer herausgeschält, der vortrefflich zu ihr paßte: Die Frau war nicht ohne den Landauer und der Landauer nicht ohne die Frau zu denken.

»Ich bin es, lieber Herr«, sagte sie und zeigte sich an der Tür des Arbeitszimmers. »Ich bin Frau Jeanrenaud, die Sie vorgeladen haben, nicht mehr und nicht weniger, als wenn sie eine Diebin wäre.« Diese vulgären Worte wurden mit einem vulgärem Ton gesprochen, der durch das Pfeifen des Asthmas regelmäßig unterbrochen wurde und mit einem Hustenanfall endete. »Sie werden nicht glauben, wie ich leide, wenn ich durch feuchte Zimmer gehen muß, mein Herr. Meine Knochen werden, mit Respekt zu melden, nicht alt werden. Jedenfalls, hier bin ich.«

Der Richter blieb ganz verblüfft vor dieser zweiten Marschallin d'Ancre stehen. Frau Jeanrenaud hatte ein mit unzähligen Löchern besätes, sehr gerötetes Gesicht mit niedriger Stirn, aufgestülpter Nase, ein Gesicht rund wie eine Kugel; bei der guten Frau war alles rund. Sie hatte die lebhaften Augen einer Landfrau, ihr freies Wesen, ihre joviale Sprechweise, kastanienbraunes Haar, das unter einem grünen Hut, der mit einem alten Aurikelstrauß geschmückt war, von einer Kappe zusammengehalten wurde. Ihr umfangreicher Busen reizte zum Lachen und ließ bei jedem Hustenanfall eine groteske Explosion befürchten. Sie hatte die dicken Beine einer Frau, von der die Pariser Gassenjungen sagen, daß sie auf Grundpfählen errichtet ist. Die Witwe hatte ein grünes, mit Chinchilla besetztes Kleid an, das ihr zu Gesicht stand wie ein Fettfleck dem Hochzeitsschleier einer Jungvermählten. Kurz, alles war bei ihr im Einklang mit ihrem letzten Wort: »Da bin ich.

»Gnädige Frau,« sagte Popinot, »man hat Sie im Verdacht, daß Sie den Marquis d'Espard verführt haben, damit er Ihnen erhebliche Summen zuwende.

»Was, was?« sagte sie, »Verführung? Aber, mein lieber Herr, Sie sind ein ehrenwerter Mann, und außerdem müssen Sie doch als Richter einen gesunden Menschenverstand haben, sehen Sie mich doch an! Sagen Sie mir doch, ob ich eine Frau bin, die jemanden verführen könnte. Ich kann meine Schuhbänder nicht zuschnüren, mich nicht bücken. Es sind jetzt zwanzig Jahre her, Gott sei Dank, daß ich kein Korsett tragen darf, wenn ich nicht eines gewaltsamen Todes sterben will. Mit siebzehn Jahren war ich dünn wie ein Spargel und hübsch, heute kann ich es Ihnen ja sagen. Dann habe ich Jeanrenaud geheiratet, einen ordentlichen Mann, Kondukteur bei den Salzschiffen. Dann habe ich meinen Sohn geboren, einen hübschen Jungen: er ist mein Stolz; und ohne mich herabzusetzen, er ist mein schönstes Werk. Mein kleiner Jeanrenaud war ein Soldat, der Napoleon zur Ehre gereichte, und hat ihm bei der kaiserlichen Garde gedient. Aber ach, der Tod meines Mannes, der ertrunken ist, hat eine Revolution bei mir bewirkt: ich habe die Pocken bekommen und bin zwei Jahre in meinem Zimmer geblieben, ohne mich rühren zu können, und dann bin ich herausgekommen, dick, wie Sie mich hier sehen, häßlich für ewig und totunglücklich ... So sieht meine Verführung aus!

»Aber, gnädige Frau, welches sind denn die Gründe, die Herr d'Espard haben konnte, daß er Ihnen solche Summen geschenkt hat? ...

»Ungeheure, mein Herr, sagen Sie es nur, ich bin ganz damit einverstanden; aber was die Gründe anlangt, so bin ich nicht berechtigt, sie mitzuteilen.«

»Sie täten Unrecht daran. Jetzt beginnt seine Familie, eben weil sie unruhig geworden ist, ihn zu verfolgen ...«

»Gott, mein Gott!« sagte die gute Frau und erhob sich eilig, »wäre es möglich, daß er meinetwegen bedrängt würde? Ein König von einem Mann, ein Mann, der nicht seinesgleichen hat! Ehe ihm der geringste Kummer zustößt, ich möchte sagen, ehe ihm ein Haar gekrümmt wird, würden wir alles zurückgeben, Herr Richter. Schreiben Sie das in Ihre Papiere. Gott, mein Gott! Ich laufe zu Jeanrenaud und sage ihm, wie es damit steht. Ach, das wäre ja reizend!«

Und die kleine Alte erhob sich, ging hinaus, rollte die Treppen hinunter und verschwand.

»Die da, die lügt nicht,« sagte sich der Richter. »Morgen werde ich alles wissen; denn morgen werde ich zu dem Marquis d'Espard gehen.«

Leute, die über das Alter hinaus sind, wo man in den Tag hinein lebt, wissen, welchen entscheidenden Einfluß scheinbar unerhebliche Umstände auf wichtige Ereignisse auszuüben vermögen, und werden sich nicht über die Bedeutung des folgenden kleinen Umstandes wundern. Am nächsten Tage hatte Popinot eine Coryza, ein ungefährliches Leiden, bekannt unter dem unappetitlichen und lächerlichen Namen »Gehirnschnupfen«. Unfähig, die Bedeutung eines Aufschubs zu ahnen, hütete der Richter, der fühlte, daß er etwas fieberte, das Zimmer und ging nicht aus, um ein Verhör mit dem Marquis d'Espard anzustellen. Dieser verlorene Tag hatte bei dieser Angelegenheit die gleiche Folge, wie am Tage, wo Richelieu Maria von Medici hinterging, die von dieser getrunkene Bouillon, die ihre Konferenz mit Ludwig XIII. hinausschob und Richelieu gestattete, als erster in Saint-Germain einzutreffen und sich seines königlichen Gefangenen wieder zu bemächtigen. Bevor wir den Richter und seinen Sekretär zu dem Marquis d'Espard begleiten, wird es vielleicht nötig sein, einen Blick auf das Haus, sein Inneres und die Angelegenheiten dieses Familienvaters zu werfen, der in der Klageschrift seiner Frau als Verrückter hingestellt wurde. Man findet hie und da in den alten Bezirken von Paris mancherlei Bauten, bei denen der Archäologe ein gewisses Streben erkennt, die Stadt zu verschönern, und die Liebe zum Besitz, die dazu antreibt, den Bauwerken Dauer zu verleihen. Das Haus, in dem damals Herr d'Espard in der Rue de la Montagne-Sainte-Geneviève wohnte, war eins dieser alten, aus Hausteinen errichteten Bauten, die nicht eines gewissen Reichtums in ihrer Architektur ermangelten; aber die Zeit hatte den Stein geschwärzt, und die Revolutionen der Stadt hatten das Äußere wie das Innere verändert. Die hohen Persönlichkeiten, die einstmals das Universitätsviertel bewohnten, waren zusammen mit den großen kirchlichen Stiftungen verschwunden, das Haus hatte Industrien und Bewohner erhalten, für die es niemals bestimmt gewesen war. Im letzten Jahrhundert hatte eine Druckerei den Fußboden ruiniert, das Getäfel beschmutzt, die Wände geschwärzt und die wichtigsten Einteilungen des Inneren verändert. Einst das Haus eines Kardinals, war heute dieses vornehme Bauwerk den obskursten Mietern ausgeliefert. Der Charakter seiner Architektur zeigte, daß es zur Zeit Heinrichs III., Heinrichs IV. und Ludwigs XIII. errichtet worden war, zu einer Zeit, wo die Hotels Mignon, Serpente, das der Kurfürstin von der Pfalz und die Sorbonne erbaut wurden. Ein alter Mann erinnerte sich noch, daß er es im letzten Jahrhundert das Hotel Duperron hatte nennen hören. Es ist wahrscheinlich, daß dieser berühmte Kardinal es erbaut oder wenigstens bewohnt hat. An der Ecke des Hofes befindet sich in der Tat ein aus mehreren Stufen bestehender Perron, über den man in das Haus eintritt; und in den Garten steigt man über einen andern

Perron hinunter, der in der Mitte der inneren Fassade angebracht ist. Trotz des Verfalls zeigt der von dem Architekten an den Balustraden und an der Plattform der beiden Perrons entwickelte Luxus die naive Absicht, den Namen des Eigentümers ins Gedächtnis zurückzurufen, eine Art von gemeißeltem Kalauer, den sich unsere Vorfahren häufig gestatteten. Schließlich könnte man, auf solchen Beweis gestützt, an den Giebeln, die die beiden Hauptfassaden schmücken, noch einige Schnüre des römischen Kardinalshutes entdecken. Der Herr Marquis bewohnte das Erdgeschoß, jedenfalls, um den Genuß des Gartens zu haben, der in diesem Bezirk als geräumig gelten konnte und nach Süden zu lag, zwei Vorteile, die die Gesundheit seiner Kinder gebieterisch verlangte. Die Lage des Hauses in einer Straße, deren Namen den steilen Abhang bezeichnet, verschaffte diesem Erdgeschoß eine ziemlich erhebliche Erhöhung, so daß hier niemals Feuchtigkeit zu spüren war. Herr d'Espard konnte seine Wohnung für einen sehr bescheidenen Betrag mieten, da der Mietzins zu der Zeit, wo er in den Bezirk zog, nicht teuer war und er inmitten der Schulen leben und die Erziehung seiner Kinder beaufsichtigen wollte. Übrigens hatte der Zustand, in dem er die Wohnung übernahm, wo alles zu reparieren war, den Eigentümer genötigt, sich sehr entgegenkommend zu zeigen. Herr d'Espard hatte also, ohne für irrsinnig gehalten zu werden, etliche Ausgaben bei sich machen können, um sich anständig unterzubringen. Die Höhe der Zimmer, ihre Einteilung, die Holzverkleidung, von der nur der Rahmen übriggeblieben war, die Herrichtung der Decken, alles atmete die Größe, die die Geistlichkeit allen von ihr unternommenen oder geschaffenen Dingen aufgeprägt hat, und die die Künstler heute in den unbedeutendsten Fragmenten, die übriggeblieben sind, wiederfinden, und sei es auch nur ein Buch, ein Kleidungsstück, ein Blatt der Bibliothek oder irgendein Fauteuil. Die von dem Marquis bestellten Malereien zeigten die von Holland und von der alten Pariser Bourgeoisie bevorzugten braunen Töne, die heute bei den Genrebildern eine schöne Wirkung machen. Die Wände waren mit einfarbiger Tapete bekleidet, die gut zu den Malereien paßte. Die Fenster hatten billige Vorhänge, die aber so ausgewählt waren, daß sie in Übereinstimmung mit dem Gesamtaussehen standen. Die Möbel waren spärlich, aber gut verteilt. Wer die Wohnung betrat, konnte sich nicht eines angenehmen friedlichen Eindrucks erwehren, der von der tiefen Ruhe, dem herrschenden

Schweigen und der einheitlichen bescheidenen Farbe ausging. Ein gewisser vornehmer Zug in den Einzelheiten, die ausgesuchte Sauberkeit der Möbel, eine vollkommene Übereinstimmung zwischen Dingen und Personen, alles ließ einem das Wort »reizend« auf die Lippen kommen. Wenige Menschen waren in diesen von dem Marquis und seinen beiden Söhnen bewohnten Zimmern zugelassen, deren Existenz der ganzen Nachbarschaft geheimnisvoll erscheinen mußte. In einem rückwärts von der Straße gelegenen Seitenflügel befanden sich im dritten Stock drei große Zimmer, die im Zustande des Verfalls und der grotesken Nacktheit geblieben waren, in die sie die Druckerei versetzt hatte. Diese drei, für die Erforschung der pittoresken Geschichte Chinas bestimmt, waren so verteilt, daß sie ein Bureau, ein Magazin und ein Arbeitszimmer, in dem sich Herr d'Espard einen Teil des Tages aufhielt, umfaßten, denn vom Frühstück bis um vier Uhr nachmittags verweilte der Marquis in seinem Arbeitszimmer in der dritten Etage, um die Veröffentlichung, die er übernommen hatte, zu überwachen. Hier fanden ihn gewöhnlich die Personen, die ihn besuchten. Bei der Rückkehr aus der Schule gingen die Kinder häufig in sein Bureau hinauf, die Wohnung im Erdgeschoß bildete also ein Heiligtum, in dem der Vater und seine Söhne von der Essensstunde bis zum andern Morgen blieben. Sein Familienleben war sorgfältig abgeschlossen. Er hatte als einzige Bedienung eine Köchin, eine alte Frau, die seit langer Zeit zu dem Hause gehörte, und einen vierzig Jahre alten Kammerdiener, der ihm schon gedient hatte, bevor er Fräulein de Blamont heiratete. Die Erzieherin der Kinder war bei ihnen geblieben. Die peinliche Sorgfalt, mit der die Wohnung gehalten war, zeigte den Geist der Ordnung, der mütterlichen Liebe, die diese Frau für die Interessen ihres Herrn in der Führung seines Hauses und in der Leitung der Kinder bewies. Ernst und wenig mitteilsam schienen diese drei Leute den Gedanken begriffen zu haben, der das häusliche Leben des Marquis leitete. Dieser Gegensatz zwischen ihrem Wesen und dem der meisten anderen Diener warf ein so geheimnisvolles Licht auf dieses Haus, daß es viel zur Verleumdung beitrug, für die Herr d'Espard sich selbst eine Blöße gab. Lobenswerte Gründe hatten ihn den Entschluß fassen lassen, mit keinem der Mieter seines Hauses in Beziehungen zu treten. Als er die Erziehung seiner Kinder auf sich nahm, wünschte er, sie von allen Berührungen mit Fremden fernzuhalten. Vielleicht wollte er auch die Unannehmlichkeiten der Nachbarschaft vermeiden. Bei einem Manne von seiner Qualität, in einer Zeit, wo der Liberalismus besonders das lateinische Viertel erregte, mußte eine solche Lebensweise kleinlichen Unwillen, Empfindungen, deren Lächerlichkeit nur mit ihrer Niedrigkeit vergleichbar war, erregen, die Geschwätz bei den Portiersleuten hervorriefen, vergiftetes Geschwätz von Tür zu Tür, von dem Herr d'Espard und seine Leute nichts wußten. Sein Kammerdiener galt für einen Jesuiten, seine Köchin war eine Schleicherin, die Gouvernante verstand sich mit Frau Jeanrenaud, um den Verrückten auszuplündern. Der Verrückte war der Marquis. Die Mieter gelangten unwillkürlich dazu, eine Menge von Dingen, die sie bei Herrn d'Espard beobachtet und dann durch das Sieb ihrer Kritik hatten gehen lassen, für Irrsinn zu halten, weil sie keine vernünftigen Gründe dafür finden konnten. Da sie wenig an den Erfolg seiner Publikation über China glaubten, hatten sie schließlich den Eigentümer des Hauses davon überzeugt, daß Herr d'Espard kein Geld habe, und zwar gerade in dem Moment, wo er in einer Vergeßlichkeit, die sich viele beschäftigte Leute zu schulden kommen lassen, sich von dem Steuereinnehmer eine Aufforderung zur Zahlung der rückständigen Steuer zukommen ließ. Der Hauseigentümer hatte daher am 1. Januar seinen Mietzins durch Übersendung einer Quittung verlangt, die die Portiersfrau zurückzubehalten sich den Spaß gemacht hatte. Am 15. war eine Zahlungsaufforderung ergangen. Die Portiersfrau hatte sie verspätet Herrn d'Espard übergeben, der das für ein Mißverständnis hielt, ohne an ein böses Vorgehen von seiten des Mannes zu glauben, bei dem er seit zwölf Jahren wohnte. Der Marquis wurde von einem Gerichtsvollzieher verhaftet, während sein Kammerdiener den Mietzins zu dem Hauseigentümer brachte. Diese, den Personen, mit denen er wegen seines Unternehmens in Berührung kam, hinterlistig mitgeteilte Verhaftung hatte einige von ihnen in Angst versetzt, die schon an der Zahlungsfähigkeit des Herrn d'Espard zweifelten, und zwar wegen der großen Beträge, die, wie man sagte, der Baron Jeanrenaud und seine Mutter ihm abnahmen. Der Verdacht der Mieter, der Gläubiger und des Hauseigentümers war übrigens beinahe gerechtfertigt durch die große Sparsamkeit, die der Marquis sich in seinen Ausgaben auferlegte. Er lebte wie ein ruinierter Mann. Seine Diener bezahlten in dem Bezirk sofort alle nötigen Ausgaben für den Lebensunterhalt und benahmen sich wie Leute, die keinen Kredit verlangen; hätten sie, was es auch immer gewesen wäre, auf ihr Wort verlangt, sie hätten eine Ablehnung erfahren, so sehr hatte das verleumderische Geschwätz in dem Viertel Glauben gefunden. Es gibt Kaufleute, die bei ihrer Kundschaft Leute gernhaben, die schlecht bezahlen, wenn sie in ständigen Beziehungen zu ihnen stehen, während sie hervorragende hassen, die sich in einer zu hohen Stellung halten, um ihnen Vertraulichkeiten zu gestatten. So sind die Menschen. Fast in allen Gesellschaftsklassen gewähren sie Gevattern und niedrigen Seelen, die ihnen schmeicheln, die Gunst, die sie der sie verletzenden Überlegenheit verweigern, worin sie sich auch verrät. Der Ladenkaufmann, der gegen den Hof zetert, hat auch seine Höflinge. So mußte das Wesen des Marquis und seiner Kinder eine üble Gesinnung bei seinen Nachbarn hervorrufen und sie unmerklich zu einem Grade von Böswilligkeit bringen, die die Leute vor keiner Niedrigkeit mehr zurückschrecken läßt, wenn sie dem Gegner, den sie sich ausgewählt haben, schadet. Herr d'Espard war ein Edelmann, wie seine Frau eine große Dame war: zwei herrliche Typen, die in Frankreich schon so selten sind, daß der Beobachter die Personen zählen kann, die sie vollkommen repräsentieren. Diese beiden Persönlichkeiten stützten sich auf ursprüngliche Ideen, auf einen sozusagen eingeborenen Glauben, auf von Kindheit her angenommene Gewohnheiten, die nicht mehr existieren. Um an die Reinheit des Blutes zu glauben, an eine privilegierte Rasse, um sich im Geiste über die andern Menschen zu stellen, muß man da nicht von Geburt an den Zwischenraum abgemessen haben, der die Patrizier von den Plebejern trennt? Um zu befehlen, muß man nicht seinesgleichen nie gekannt haben? Und ist es schließlich nicht erforderlich, daß die Erziehung die Ideen einprägt, die die Natur den großen Männern einflößt, denen sie eine Krone auf die Stirn gesetzt hat, bevor ihre Mutter einen Kuß darauf drücken konnte? Solche Gedanken und solch eine Erziehung sind nicht mehr möglich in Frankreich, wo der Zufall sich das Recht angemaßt hat, einen Adel zu schaffen, indem er jemand in das Blut der Schlachten taucht, ihn mit Ruhm schmückt und mit der Aureole des Genies krönt; wo die Abschaffung der Nacherben und der Majorate, indem es die Erbschaften zerstückelt, den Edelmann zwingt, sich mit den Staatsgeschäften zu befassen, und wo die Größe der Persönlichkeit nur durch eine lange und ausdauernde Arbeit erreicht wird: eine ganz neue Ära. Als ein Trümmerstück der großen Körperschaft, Feudalwesen genannt, verdiente Herr d'Espard respektvolle Bewunderung. Wenn er sich seinem Blute nach für die andern Menschen überragend ansah, so glaubte er in gleicher Weise auch an alle Verpflichtungen des Adels; er besaß die Tugenden und die Kraft, die er verlangte. Er hatte seine Kinder in seinen Grundsätzen erzogen und hatte ihnen von der Wiege an die Religion seiner Kaste eingeimpft. Ein tiefes Gefühl ihrer Würde, der Stolz auf ihren Namen, die Gewißheit, von Natur zu den Großen zu gehören, hatten bei ihnen einen königlichen Stolz erzeugt, den Mut der Helden und die Schutz gewährende Güte der großen Schloßherren; ihr Wesen, in Übereinstimmung mit ihrer Anschauung, die auch Fürsten wohl angestanden hätte, verletzte jedermann in der Rue de la Montagne-Sainte-Genevieve, dem Lande der Gleichheit, wenn es eine solche gibt, wo man übrigens Herrn d'Espard für ruiniert hielt und wo alle Welt, vom Kleinsten bis zum Größten, die Privilegien des Adels einem Adligen ohne Geld vorhält, aus dem gleichen Grunde, wie jeder sie einen reich gewordenen Bürgerlichen für sich in Anspruch nehmen läßt. So machte sich das Fehlen einer Verbindung zwischen dieser Familie und den übrigen Menschen auf moralischem wie auf physischem Gebiete geltend.

Bei dem Vater wie auch bei den Kindern stand Äußeres und Inneres in Harmonie. Herr d'Espard, damals ungefähr fünfzig Jahre alt, hätte als Modell für die adlige Aristokratie im neunzehnten Jahrhundert dienen können. Er war schlank und blond, sein Gesicht hatte in seinem Schnitt und allgemeinen Ausdruck die angeborene Vornehmheit, die auf eine edle Gesinnung hindeutet; aber sie trug den Stempel einer berechneten Kälte, die ein wenig zuviel Respekt verlangte. Seine Adlernase, am Ende von links nach rechts umgebogen, eine leichte Abweichung, die nicht ohne Reiz war; seine blauen Augen, seine hohe Stirn, die an den Augenbrauen ziemlich stark hervorsprang und eine Art Rampe bildete, die das Licht absperrte, indem sie das Auge beschattete, zeigten ein gerades Denken, eine empfindliche Beharrlichkeit und große Loyalität an, gaben aber gleichzeitig seiner Physiognomie ein fremdartiges Aussehen. Diese Krümmung der Stirn hätte in der Tat an ein wenig Irrsinn glauben lassen, und seine dicken Augenbrauen, die sich einander näherten, verstärkten noch das Bizarre der Erscheinung. Er besaß die weißen und gepflegten Hände der Adligen, seine Füßen waren schmal und hoch. Seine nicht nur in der Aussprache, die der eines

Stotterers glich, sondern auch im Ausdruck der Gedanken unbestimmte Sprechweise, seine Gedanken und Worte riefen bei dem Zuschauer den Eindruck eines hin und her schwankenden Mannes hervor, der lieh, mit Unsinn befaßt, an alles rührt, seine Gesten unterbricht und nichts zu Ende bringt. Dieser rein äußerliche Fehler kontrastierte mit dem entschiedenen Schnitt seines Mundes, der voll Festigkeit war, und mit der Energie seines Gesichts. Sein etwas abgehackter Gang paßte zu seiner Art zu sprechen. Diese Eigenheiten trugen noch dazu bei, den Glauben an seinen angeblichen Irrsinn zu bestärken. Trotz seiner Eleganz war er für seine Person von systematischer Sparsamkeit und trug drei bis vier Jahre denselben schwarzen Überrock, der mit äußerster Sorgfalt von seinem alten Kammerdiener gebürstet wurde. Seine Kinder waren beide schön und voller Grazie, die aber den Ausdruck aristokratischer Verachtung nicht ausschloß. Sie besaßen die frische Farbe, den klaren Blick und die Durchsichtigkeit der Haut, die auf reine Sitten deutet, auf regelmäßiges Leben und planvolle Abwechslung zwischen Arbeit und Erholung. Beide hatten schwarzes Haar und blaue Augen, aber die Nase gebogen wie die ihres Vaters; vielleicht hatten sie von ihrer Mutter die Würde im Ausdruck und im Blick und die bei den Blamont-Chauvry traditionelle Haltung. Ihre wie Kristall klare Stimmen besaßen die Gabe zu rühren und die Weichheit, die etwas so sehr Verführerisches hat; es waren Stimmen, wie sie eine Frau gern hören wollte, wenn sie die Flamme ihrer Blicke aufgefangen hatte. Sie bewahrten sich besonders ihren bescheidenen Stolz, eine keusche Zurückhaltung, ein noli me tangere, das in späterer Zeit als Wirkung der Berechnung hätte erscheinen können, so sehr flößte diese Haltung Lust ein, sie kennenzulernen. Der ältere, der Graf Clément de Nègrepelisse, war eben sechzehn Jahre alt geworden. Seit zwei Jahren hatte er seine hübsche kleine englische Jacke abgelegt, die sein Bruder, der Vicomte Camille d'Espard, noch beibehielt. Der Graf, der seit etwa sechs Monaten nicht mehr in das Gymnasium Henri IV. ging, war gekleidet wie ein junger Mann, der sich dem ersten Glück, wie es die Eleganz verleiht, hingibt. Sein Vater wollte ihn nicht unnötig ein Jahr Philosophie studieren lassen, sondern versuchte, seinen Kenntnissen eine Art Zusammenhang zu verleihen durch das Studium der höheren Mathematik. Zu gleicher Zeit lehrte der Marquis ihn die orientalischen Sprachen, das europäische Völkerrecht, die Heraldik und die Geschichte an ihren bedeutenden Quellen, an der Hand von Karten, von authentischen Schriftstücken, an der Sammlung von Verordnungen. Camille war kürzlich in die Klasse der Rhetorik eingetreten.

Der Tag, an dem Popinot Herrn d'Espard zu vernehmen beabsichtigte, war ein Donnerstag, schulfrei. Bevor ihr Vater erwachte, gegen neun Uhr, spielten die beiden Brüder im Garten. Clément verteidigte sich nur schwach gegen das Drängen seines Bruders, der zum erstenmal auf dem Schießstand gehen wollte und von ihm die Unterstützung seiner Bitte bei dem Marquis verlangte. Der Vicomte mißbrauchte immer ein wenig seine Schwäche und machte sich ein Vergnügen daraus, mit seinem Bruder zu kämpfen. Beide begannen also, sich zu zanken und zu schlagen, indem sie wie Schuljungen spielten. Während einer hinter dem andern im Garten herlief, machten sie genügend Lärm, um den Vater zu wecken, der sich ans Fenster stellte, ohne von ihnen, Dank der Hitze des Kampfes, bemerkt zu werden. Dem Marquis machte es Freude, seine beiden Kinder zu beobachten, die sich wie ein paar Schlangen umfaßt hatten und durch die Entfaltung ihrer Kräfte belebte Mienen zeigten: ihre Gesichter waren weiß und rosig, ihre Augen schleuderten Blitze, ihre Glieder wanden sich wie Stricke im Feuer; sie fielen zu Boden, erhoben sich wieder, packten sich von neuem wie zwei Athleten im Zirkus und verursachten ihrem Vater ein Gefühl des Glücks, das die lebhaftesten Sorgen eines bewegten Lebens belohnte. Zwei Personen, die eine im zweiten, die andere im ersten Stock des Hauses, sahen in den Garten hinab und sagten sofort, der alte Verrückte mache sich einen Spaß daraus, seine Kinder sich prügeln zu lassen. Sofort erschienen mehrere Köpfe an den Fenstern; der Marquis sah hin und rief seinen Söhnen ein Wort zu, die sofort zu seinen Fenster hinaufkletterten und in sein Zimmer sprangen, und Clement erhielt sogleich die von Camille erbetene Erlaubnis. Im Hause aber wurde nur über den neuen Zug von Wahnsinn des Marquis Lärm gemacht.

Als Popinot sich gegen Mittag, begleitet von seinem Gerichtsschreiber, an der Tür, wo er nach Herrn d'Espard fragte, einfand, führte ihn die Portiersfrau in den dritten Stock und erzählte ihm, daß Herr d'Espard diesen Morgen seine beiden Kinder sich habe prügeln lassen und dazu lachte, ein Monstrum wie er war, daß der jüngere den älteren blutig biß; gewiß hätte er gewünscht, daß sie sich umbrächten.

»Und fragen Sie mich warum!« fügte sie hinzu, »er weiß es selbst nicht.«

Als die Portiersfrau dem Richter dieses entscheidende Wort sagte, hatte sie ihn bis zum Treppenabsatz des dritten Stocks geführt vor eine mit Plakaten beklebte Tür, auf denen die einander folgenden Lieferungen der »pittoresken Geschichte Chinas« angekündigt waren. Dieser schmutzige Treppenabsatz, dieses unsaubere Geländer, diese Tür, an der die Druckerei ihre Spuren hinterlassen hatte, dieses zerbrochene Fenster und die Decke, an der die Lehrlinge sich den Spaß gemacht hatten, mit der rauchigen Flamme ihrer Kerzen Monstrositäten anzuzeichnen; die Haufen von Papier und Schmutz, die sich in den Ecken angesammelt hatten, absichtlich oder aus Nachlässigkeit; kurz, alle Einzelheiten des Bildes, das sich den Blicken darbot, paßte so gut zu den von der Marquise angeführten Tatsachen, daß der Richter, trotz seiner Unparteilichkeit, sich nicht hindern konnte, daran zu glauben.

»Hier sind Sie an Ort und Stelle, meine Herren, sagte die Portiersfrau, »und da ist die ›Manifaktur‹, wo die Chinesen essen, daß man den ganzen Bezirk damit ernähren könnte.«

Der Gerichtsschreiber sah den Richter lächelnd an, und Popinot hatte einige Mühe, seinen Ernst zu bewahren. Beide traten in das erste Zimmer, in dem sich ein alter Mann befand, der zweifellos gleichzeitig die Dienste eines Bureaudieners, eines Magazinaufsehers und eines Kassierers versah. Dieser Alte war das Faktotum von China. Lange Regale, auf denen die schon veröffentlichten Lieferungen sich häuften, schmückten die Wände dieses Zimmers. Im Hintergrunde bildete ein hölzerner vergitterter Verschlag, innen mit grünen Vorhängen versehen, ein Arbeitszimmer. Ein Schalter zum Einnehmen und Ausgeben der Taler zeigte die Stelle der Kasse an.

»Herr d'Espard?« sagte Popinot und wandte sich an den mit einer grauen Bluse bekleideten Mann. Der Magazingehilfe öffnete die Tür zum zweiten Zimmer, wo der Richter und sein Schreiber einen verehrungswürdigen Greis vorfanden, mit weißem Haar, einfach gekleidet, das Sankt-Ludwigskreuz auf der Brust, der an einem Schreibtisch saß und aufhörte, kolorierte Blätter zu vergleichen, um die beiden Eingetretenen zu betrachten. Dieses Zimmer war ein bescheidenes Bureau voller Bücher und Druckbogen. Es befand sich hier noch ein Tisch aus schwarzem Holz, an dem jedenfalls eben ein Abwesender gearbeitet hatte.

»Ist der Herr der Marquis d'Espard? sagte Popinot. »Nein, mein Herr«, antwortete der Alte und erhob sich. »Was wünschen Sie von ihm?« fügte er hinzu und ging den beiden entgegen, wobei er in seiner Haltung vornehme Manieren und ein Wesen, das der Erziehung eines Edelmannes entsprach, zeigte. »Wir möchten mit ihm über Dinge sprechen, die ganz persönlich sind«, antwortete Popinot.

»D'Espard, hier sind Herren, die nach dir fragen«, sagte jetzt diese Persönlichkeit und trat in das letzte Zimmer, wo der Marquis am Kamin stand und mit der Lektüre von Zeitungen beschäftigt war.

Dieses letzte Zimmer hatte einen abgenutzten Teppich, die Fenster waren mit grauen Leinen vorhängen versehen, dazu befanden sich hier noch einige Mahagoniholzstühle, zwei Sessel, ein Zylinderbureau, ein Bureau à la Tronchin, dann noch auf dem Kamin eine elende Uhr und zwei alte Leuchter. Der Alte ging Popinot und einem Schreiber voran, schob ihnen zwei Stühle hin, als ob er der Herr des Hauses wäre, und Herr d'Espard ließ ihn machen. Nach gegenseitigen Verbeugungen, während deren der Richter den angeblich Irren beobachtete, stellte der Marquis natürlich die Frage, was der Anlaß dieses Besuches sei. Hier sah Popinot den Alten und den Marquis mit ziemlich bezeichnendem Ausdruck an.

»Ich glaube, Herr Marquis,« erwiderte er, »daß die Natur meines Amtes und die Untersuchung, die mich hierher führt, verlangen, daß wir allein bleiben, obwohl es im Sinne des Gesetzes liegt, daß im vorliegenden Falle das Verhör eine gewisse häusliche Öffentlichkeit verlangt. Ich bin Richter am Tribunal erster Instanz des Seinegerichtshofs und von dem Herrn Präsidenten damit beauftragt, Sie über die Tatsachen zu befragen, die in einem Antrage auf Unmündigkeitserklärung vorgebracht worden sind, den die Frau Marquise d'Espard gestellt hat.«

Der Alte zog sich zurück. Als der Richter und der zu Vernehmende allein waren, schloß der Schreiber die Tür und setzte sich ohne weitere Umstände an das Bureau à la Tronchin, wo er seine Papiere hervorholte und sein Protokoll vorbereitete. Popinot hatte nicht aufgehört, Herrn d'Espard anzusehen und beobachtete die Wirkung der Erklärung, die für einen Mann, der bei voller Vernunft war, so grausam sein mußte. Der Marquis d'Espard, dessen Gesicht gewöhnlich blaß war wie meist blonde Personen, wurde plötzlich rot vor Zorn; er zeigte ein leichtes Erzittern, setzte sich, legte seine Zeitung auf den Kamin und schlug die Augen nieder. Bald aber gewann er die Würde des Edelmanns wieder und betrachtete den Richter, als wollte er von seinem Gesicht Zeichen seines Charakters ablesen.

»Weshalb, mein Herr, bin ich denn nicht von einem solchen Klageantrag benachrichtigt worden?« fragte er ihn.

»Mein Herr Marquis, da man annimmt, daß die Personen, deren Entmündigung beantragt wird, nicht für ihrer Vernunft mächtig angesehen werden, ist die Zustellung des Antrags überflüssig. Die Pflicht des Gerichtshofs ist es, die von den Antragstellern angeführten Gründe auf ihre Wahrheit hin zu prüfen.

»Nichts ist gerechter«, antwortete der Marquis.

»Nun, mein Herr, wollen Sie mir angeben, in welcher Weise ich mich erklären soll...«

»Sie haben nur auf meine Fragen zu antworten, indem Sie keine Einzelheit weglassen. Wie peinlich auch die Gründe sein mögen, die Sie zu den Handlungen veranlaßt haben, die der Madame d'Espard den Vorwand zu ihrem Antrag gegeben haben, sprechen Sie ohne Furcht. Es ist überflüssig, Sie darauf aufmerksam zu machen, daß die Richter ihre Pflicht kennen, und daß bei solcher Gelegenheit das tiefste Geheimnis...«

»Mein Herr,« sagte der Marquis, dessen Züge echten Schmerz verrieten, »wenn aus meinen Erklärungen ein Vorwurf wegen des Verhaltens von Madame d'Espard hervorgehen sollte, was würde dann geschehen?«

»Der Gerichtshof könnte das in den Gründen für sein Urteil rügen.«

»Ist diese Rüge fakultativ? Wenn ich mit Ihnen vereinbarte, bevor ich antworte, daß nichts für Madame d'Espard Verletzendes ausgesprochen werden solle, falls Ihr Bericht günstig für mich ausfiele, würde der Gerichtshof auf meine Bitte Rücksicht nehmen?« Der Richter sah den Marquis an, und beide Männer tauschten ihre Gedanken, die die gleiche vornehme Gesinnung verrieten, aus.

»Noël,« sagte Popinot zu seinem Schreiber, »gehen Sie in das andere Zimmer. Wenn ich Sie brauche, werde ich Sie rufen. – Wenn, wie ich jetzt zu glauben geneigt bin, in dieser Sache Mißverständnisse vorliegen, so kann ich Ihnen, mein Herr, versprechen, daß der Gerichtshof, Ihrem Wunsch entsprechend, rücksichtsvoll vorgehen wird«, fuhr er, nachdem der Schreiber das Zimmer verlassen hatte, zu dem Marquis gewendet fort. »Hier wird als wichtigster Umstand, als schwerwiegendster, von Madame d'Espard einer benannt, über den ich Sie bitte, mich aufzuklären«, sagte der Richter nach einer Pause. »Es handelt sich um die Verschleuderung Ihres Vermögens zugunsten einer Dame Jeanrenaud, der Witwe eines Schiffkondukteurs, oder vielmehr zugunsten ihres Sohnes, des Obersten, dem Sie eine Stelle verschafft, für den Sie die Gunst, die Sie beim Könige genießen, ausgenutzt, kurz, für den Sie Ihre Protektion so weit getrieben haben, daß Sie ihm eine gute Heirat verschaffen wollen. Der Klageantrag gibt zu bedenken, daß in bezug auf Hingebung diese Freundschaft alle Empfindungen, selbst die von der Moral nicht gebilligten, überschreitet ...«

Eine plötzliche Röte färbte Gesicht und Stirn des Marquis, es traten ihm sogar Tränen in die Augen, seine Wimpern wurden feucht; dann unterdrückte ein gerechter Stolz diese Empfindlichkeit, die bei einem Manne für Schwäche gilt.

»In Wahrheit, mein Herr,« antwortete der Marquis mit erregter Stimme, »Sie bringen mich in peinliche Verlegenheit. Die Beweggründe für mein Verhalten sollten verurteilt sein, mit mir zu sterben ... Um darüber zu sprechen, muß ich vor Ihnen geheime Wunden aufdecken, vor Ihnen die Ehre meiner Familie bloßstellen und, was, wie Sie zugeben werden, eine mißliche Sache ist, von mir sprechen. Ich hoffe, mein Herr, daß das alles zwischen uns geheim bleiben wird. Sie werden eine juristische Form dafür finden, die es gestattet, ein Urteil abzufassen, ohne daß dabei von meinen Eröffnungen die Rede ist...« »Nach dieser Richtung hin ist alles möglich, Herr Marquis.«

»Einige Zeit nach unserer Heirat, mein Herr, hatte meine Frau so große Ausgaben gemacht, daß ich genötigt war, eine Anleihe aufzunehmen. Sie wissen, wie die Lage der adligen Familien während der Revolution war. Es war mir nicht möglich, einen Intendanten oder einen Geschäftsführer zu halten. Heute sind die Edelleute fast alle genötigt, sich selbst um ihre Geschäfte zu kümmern. Die meisten meiner Besitztitel stammten aus dem Languedoc oder aus dem Comtat von Paris von meinem Vater her, der mit genügendem Grunde die Nachforschungen fürchtete, die die Familienurkunden und das, was man damals Pergamente der Privilegierten nannte, ihm zuzogen. Unser Familienname ift Nègrepelisse. D'Espard ist ein Titel, der unter Heinrich IV. durch eine Ehe verliehen wurde, die uns das Vermögen und die Besitzurkunden des Hauses d'Espard zugebracht hat, unter der Bedingung, auf unser Schild das Wappen der d'Espard, einer alten Familie aus dem Béarn, die weiblicherseits mit dem Hause d'Albret verbunden war, zu setzen: Gold mit drei Sandhügeln, blaugeteilt, mit zwei silbernen roten Andreaskreuzen und dem berühmten ›des partem leonis‹ als Devise. An dem Tage der Hochzeit verloren wir Nègrepelisse eine kleine Stadt, ebenso berühmt in den Religionskriegen, wie es der Name, den meine Ahnherren von daher trugen, war. Der Hauptmann de Nègrepelisse wurde durch den Brand seiner Güter ruiniert, denn die Protestanten schonten keinen Freund von Montluc. Die Krone benahm sich ungerecht gegen Herrn de Nègrepelisse, er erhielt weder den Marschallsstab, noch einen Gouverneursposten, noch eine Entschädigung; König Karl IX., der ihn schätzte, starb, ehe er ihn belohnen konnte; Heinrich IV. vermittelte wohl seine Heirat mit Fräulein d'Espard und verschaffte ihm die Domänengüter dieses Hauses; aber alle Güter der Nègrepelisse waren bereits in die Hände der Gläubiger übergegangen. Mein Urgroßvater, der Marquis d'Espard, war, wie ich, ziemlich jung an die Spitze seiner Geschäftsangelegenheiten durch den Tod seines Vaters getreten, der, nachdem er das Vermögen seiner Frau vergeudet hatte, nichts hinterließ als die ihr zugefallenen Güter des Hauses d'Espard, aber belastet mit einem Leibgedinge. Der junge Marquis d'Espard befand sich also um so mehr in Verlegenheit, als er eine Stellung bei Hofe hatte. Besonders gern von Ludwig XIV. gesehen, war die Gunst des Königs ein Glückspatent für ihn. Hier aber, mein Herr, wurde auf unser Wappen ein unbekannter furchtbarer Flecken, ein Flecken von Schmutz und Blut gemacht, den abzuwaschen meine Beschäftigung ist. Ich entdeckte das Geheimnis in den auf das Vermögen der Nègrepelisse bezüglichen Urkunden und in den Bündeln ihrer Korrespondenz.«

In diesem feierlichen Augenblick sprach der Marquis ohne Stottern. Es entschlüpfte ihm keine der Wiederholungen, die ihm sonst eigen waren; jeder kann beobachten, daß, die im gewöhnlichen Leben mit diesen beiden Fehlern behaftet sind, sie ablegen, sobald irgendeine Erregung ihre Sprache belebt.

»Die Zurücknahme des Edikts von Nantes erfolgte«, fuhr er fort. »Vielleicht wissen Sie nicht, mein Herr, daß das für viele Günstlinge eine Gelegenheit war, ein Vermögen zu erwerben. Ludwig XIV. schenkte den Großen seines Hofes die eingezogenen Güter der protestantischen Familien, die sich nicht den Vorschriften beim Verkauf ihrer Güter unterwarfen. Einige in Gunst stehende Personen gingen, wie man damals sagte, auf die Protestantenjagd. Ich habe die Gewißheit erlangt, daß das gegenwärtige Vermögen der beiden herzoglichen Familien sich zusammensetzt aus konfiszierten Gütern unglücklicher Kaufleute. Ich werde Ihnen, einem Juristen, nicht auseinandersetzen, welche Manöver angewendet wurden, um den Refugiés, die große Vermögen zu retten hatten, Fallen zu legen: es genüge Ihnen zu wissen, daß der Landbesitz der Nègrepelisse, der aus zweiundzwanzig Kirchdörfern und dem Stadtrecht bestand, daß der Besitz von Gravenges, der einst uns gehört hatte, sich in den Händen einer protestantischen Familie befand. Mein Großvater erhielt ihn durch Schenkung, die ihm Ludwig XIV. machte. Diese Schenkung beruhte auf Handlungen, die den Stempel erschreckender Unbilligkeit an sich trugen. Der Eigentümer dieser beiden Besitzungen, der glaubte, nach Frankreich zurückkehren zu dürfen, hatte einen Verkauf vorgeschützt und ging nach der Schweiz, um mit seiner Familie zusammenzutreffen, die er dorthin vorausgeschickt hatte. Er wollte jedenfalls von allen Aufschüben, die durch Verordnungen bewilligt wurden, profitieren, um seine geschäftlichen Angelegenheiten zu ordnen. Dieser Mann wurde auf Anordnung des Gouverneurs festgehalten, der Fideikommissar sagte die Wahrheit, der arme Kaufmann wurde gehängt, und mein Vater erhielt die beiden Güter. Ich wollte, es wäre mir möglich gewesen, nichts von dem Anteil zu wissen, mit dem mein Großvater an dieser Intrige beteiligt war; aber der Gouverneur war sein Onkel mütterlicherseits, und ich habe unglücklicherweise einen Brief gelesen, in dem er ihn bat, sich an Deodat zu wenden, ein unter den Höflingen verabredetes Wort, wenn sie vom Könige redeten. Es herrscht in diesem Briefe in bezug auf das Opfer ein scherzhafter Ton, der mir Schrecken eingeflößt hat. Endlich, mein Herr, wurden die von der Familie des Refugiés gesandten Summen, die das Leben des armen Mannes retten sollten, von dem Gouverneur behalten, der den Kaufmann darum nicht weniger schnell erledigte.«

Der Marquis d'Espard machte eine Pause.

»Dieser Unglückliche hieß Jeanrenaud,« fuhr er dann fort. »Dieser Name wird Ihnen mein Verhalten erklären. Ich habe nicht ohne tiefen Schmerz an die heimliche Schande gedacht, die auf meiner Familie ruhte. Dieses Vermögen gestattete meinem Großvater, eine Navarreins Lansac, die Erbin des Vermögens der jüngeren Linie, die viel reicher als die ältere war, zu heiraten. Mein Vater sah sich von da ab als einen der beachtenswertesten Großgrundbesitzer des Königreichs. Er konnte meine Mutter heiraten, eine Grandlieu von der jüngeren Linie. Obgleich in übler Weise erworben, hat uns dieses Vermögen seltsamerweise Nutzen gebracht! Entschlossen, sofort dem Übel abzuhelfen, schrieb ich nach der Schweiz und hatte nicht eher Ruhe, als bis ich auf der Spur der Erben des Protestanten war. Ich erfuhr schließlich, daß die Jeanrenauds, ins äußerste Elend geraten, Freiburg verlassen hatten und nach Frankreich zurückgekehrt waren. Endlich entdeckte ich in Herrn Jeanrenaud, einem einfachen Kavallerieleutnant unter Bonaparte, den Erben dieser unglücklichen Familie. In meinen Augen, mein Herr, war das Recht der Jeanrenauds klar. Damit die Proskription sich vollzöge, mußten die Besitzer da nicht angegriffen werden? Und an welche Macht sollten sich die Refugiés wenden? Ihr Gerichtshof war dort oben, oder vielmehr, ihr Gerichtshof war hier,« sagte der Marquis und schlug sich auf die Brust. »Ich wollte nicht, daß meine Kinder von mir dasselbe denken sollten, was ich von meinem Vater und von meinen Ahnherren gedacht habe; ich wollte ihnen eine Erbschaft und ein Wappen ohne Flecken hinterlassen, ich wollte nicht, daß der Adel durch meine Person Lügen gestraft werde. Und endlich, politisch gedacht, dürfen die Emigranten, die gegen die revolutionären Konfiskationen ihren Einspruch geltend machen, noch die Güter behalten, die die Frucht von Konfiskationen find, die auf einem Verbrechen beruhen? Ich bin bei Herrn Jeanrenaud und seiner Mutter einer strengen Rechtschaffenheit begegnet: wenn man auf sie hören wollte, so schiene es, als ob sie mich beraubten. Trotz meines Drängens haben sie nicht mehr angenommen als den Wert, den die Güter an dem Tage hatten, wo meine Familie sie vom Könige erhielt. Der Preis wurde zwischen uns auf den Betrag von elfhunderttausend Franken festgesetzt, den ohne Zinsen zu zahlen sie in mein Belieben stellten. Um das zu erreichen, habe ich für lange Zeit auf meine Einkünfte verzichten müssen. Hier, mein Herr, begann der Verlust etlicher Illusionen, die ich mir über den Charakter der Madame d'Espard gemacht hatte. Als ich ihr vorschlug, Paris zu verlassen und in die Provinz zu gehen, wo wir mit der Hälfte unseres Einkommens anständig hätten leben können und auf diese Weise schneller zu der Rückgabe, von der ich ihr sprach, zu kommen, ohne daß ich sie über die schwerwiegende Bedeutung der Tatsachen aufklärte, behandelte mich Madame d'Espard wie einen Verrückten. Ich erkannte so den wahren Charakter meiner Frau: sie hätte ohne Bedenken das Verhalten meines Großvaters gebilligt und sich über die Hugenotten lustig gemacht. Erschreckt über ihre Kälte, über ihre geringe Anhänglichkeit an ihre Kinder, die sie mir ohne Bedauern überließ, beschloß ich, ihr ihr Vermögen zu überlassen, nachdem ich unsere gemeinsamen Schulden beglichen hatte. Es sei übrigens nicht ihre Sache, meine Dummheiten zu bezahlen, sagte sie zu mir; da ich nicht genug Einkommen hatte, um zu leben und für die Erziehung meiner Kinder zu sorgen, entschloß ich mich, sie selber zu erziehen und aus ihnen Männer von Herz und Edelleute zu machen. Indem ich mein Vermögen in Staatsfonds anlegte, konnte ich mich viel schneller, als ich gehofft hatte, meiner Verpflichtungen entledigen, denn ich nutzte die Chancen aus, die mir die Heraufsetzung der Renten darbot. Indem ich mir viertausend Franken für meine Söhne und mich vorbehielt, hätte ich nur zwanzigtausend Taler jährlich bezahlen können, was beinahe achtzehn Jahre beansprucht hätte, um meine Befreiung zu vollenden, während ich letzthin die geschuldeten elfhunderttausend Franken bezahlt habe. So genieße ich das Glück, diese Rückgabe vollzogen zu haben, ohne meinen Kindern im geringsten Unrecht getan zu haben. Das, mein Herr ist der Grund für die Zahlungen, die Frau Jeanrenaud und ihrem Sohne zugeflossen sind.

»Also kannte«, sagte der Richter, während er die Bewegung unterdrückte, die diese Erzählung bei ihm hervorgerufen hatte, »die Frau Marquise die Beweggründe Ihres Sichzurückziehens?«

»Jawohl, mein Herr.«

Popinot fuhr ziemlich ausdrucksvoll in die Höhe, stand plötzlich auf und öffnete die Tür des Arbeitszimmers.

»Noël, gehen Sie nach Hause«, sagte er zu seinem Schreiber. »Mein Herr,« fuhr der Richter fort, »obgleich das, was Sie mir eben mitgeteilt haben, genügt, um mich aufzuklären, möchte ich Sie noch gern in bezug auf die andern, in der Klageschrift angeführten Tatsachen hören. Sie haben hier also eine geschäftliche Angelegenheit unternommen, die außerhalb der Gewohnheiten eines vornehmen Mannes liegt.«

»Ich möchte hier nicht über diese Sache reden«, sagte der Marquis und machte dem Richter ein Zeichen, daß sie hinausgehen wollten. »Nouvion,« fuhr er fort und wandte sich an den Alten, »ich gehe hinunter zu mir, meine Kinder werden zurückkommen, und du wirst mit uns essen.«

»Herr Marquis,« sagte Popinot auf der Treppe, »dies ist also nicht Ihre Wohnung?

»Nein, mein Herr, ich habe die Zimmer gemietet, um hier die Bureaus meines Unternehmens unterzubringen. Sehen Sie,« fuhr er fort und wies auf eine Anzeige, »diese Geschichte wird unter dem Namen eines der ehrenwertesten Verleger von Paris herausgegeben und nicht unter meinem Namen.«

Der Marquis ließ den Richter in das Erdgeschoß eintreten und sagte zu ihm: »Hier ist meine Wohnung, mein Herr.«

Popinot war bewegt von der natürlichen Anmut dieser Räume. Das Wetter war herrlich, die Fenster standen offen, die Luft des Gartens verbreitete im Salon ihren Blumenduft; die Strahlen der Sonne erheiterten und belebten den ein wenig braunen Ton des Holzwerks. Bei diesem Anblick war Popinot der Meinung, daß ein Irrsinniger kaum imstande sein könne, die liebliche Harmonie herzustellen, die ihn jetzt ergriff.

›Ich brauchte eine solche Wohnung‹, dachte er. Dann fragte er laut: »Werden Sie dieses Quartier bald verlassen?«

»Ich hoffe es«, erwiderte der Marquis; »aber ich will noch abwarten, bis mein jüngerer Sohn seine Studien beendet hat und bis der Charakter meiner Kinder sich so vollkommen ausgebildet hat, daß ich sie in die Gesellschaft und bei ihrer Mutter einführen kann; im übrigen will ich, nachdem ich die solide Ausbildung, die sie sich aneignen, vollendet habe, sie noch ergänzen, indem ich sie die Hauptstädte Europas bereisen lasse, um sie Menschen und Dinge selbst sehen zu lassen und sie daran zu gewöhnen, die Sprachen, die sie gelernt haben, zu sprechen. Mein Herr,« sagte er und ließ den Richter im Salon Platz nehmen, »ich möchte Sie nicht über die Publikation über China vor einem alten Freunde meiner Familie, dem Grafen de Nouvion, unterhalten, der als Emigrant ohne jedes Vermögen zurückgekehrt ist, und mit dem ich diese Sache zusammen mache, weniger um meinet- als um seinetwegen. Ohne ihm die Gründe für mein zurückgezogenes Leben anzuvertrauen, sagte ich ihm, daß ich ruiniert sei wie er, daß ich aber noch genug Geld hätte, um ein Spekulationsgeschäft zu unternehmen, bei dem ich es nutzbringend anlegen könnte. Mein Erzieher war der Abbé Grozier, den auf meine Empfehlung Karl X. zu seinem Bibliothekar an der Bibliothek des Arsenals ernannte, die ihm zurückgegeben wurde, als er ›Monsieur‹ war. Der Abbé Grozier besaß tiefe Kenntnisse über China, seine Sitten und Gebräuche; er hatte mich zu seinem Erben in einem Alter bestimmt, wo es schwer ist, sich nicht für das, was man lernt, zu begeistern. Mit fünfundzwanzig Jahren konnte ich Chinesisch, und ich gestehe, daß ich mich niemals einer ganz besonderen Bewunderung dieses Volkes enthalten konnte, das seine Eroberer erobert hat, dessen Geschichte unstreitig auf eine Epoche zurückgeht, die weiter zurückliegt als die mythologischen oder biblischen Zeiten; das vermöge seiner unabänderlichen Institutionen die Integrität seines Territoriums erhalten hat, dessen Monumente gigantisch, dessen Verwaltung vollkommen ist, bei dem Revolutionen unmöglich sind, das das nur ideal Schöne für ein unfruchtbares Kunstprinzip angesehen hat, das Luxus und Industrie auf eine so hohe Stufe gehoben hat, daß wir es in keinem Punkte übertreffen können, während es uns dort gleichkommt, wo wir uns für überlegen halten. Aber, mein Herr, wenn es mir auch oft passiert, daß ich scherze, wenn ich die Lage der europäischen Staaten mit China vergleiche, so bin ich doch kein Chinese, ich bin ein französischer Edelmann. Wenn Sie über die finanzielle Grundlage dieses Unternehmens Zweifel hegen, so kann ich Ihnen beweisen, daß wir mit zweitausendfünfhundert Subskribenten auf dieses ikonographische, statistische und religiöse, literarische Denkmal rechnen, dessen Bedeutung allgemein anerkannt wird. Unsere Subskribenten gehören allen Nationen Europas an, wovon wir nur zwölfhundert in Frankreich haben. Unser Werk wird ungefähr dreihundert Franken kosten, und der Graf de Nouvion wird auf seinen Anteil sechs- bis siebentausend Franken Einkommen haben, denn die Beschaffung eines erträglichen Lebensunterhalts für ihn war der geheime Anlaß zu diesem Unternehmen. Auf meinen Teil habe ich nur die Möglichkeit ins Auge gefaßt, meinen Kindern einige Annehmlichkeiten zu verschaffen. Die hunderttausend Franken, die ich verdient habe, sehr gegen meinen Willen, sind für ihre Fecht- und Reitstunden, ihre Toilette, ihre Theater, ihre Tanzstunden, ihren Malunterricht, die Bücher, die sie kaufen wollen, kurz alle die kleinen Liebhabereien, die die Väter so gern befriedigen. Hätte ich solche Genüsse meinen armen, so verdienstvollen, so arbeitswilligen Kindern verweigern müssen, das Opfer, das ich unserm Namen hätte bringen müssen, wäre mir doppelt schmerzlich gewesen. In der Tat, mein Herr, die zwölf Jahre, in denen ich mich von der Welt zurückgezogen habe, um meine Kinder aufzuziehen, haben mich bei Hofe völlig in

Vergessenheit geraten lassen. Ich habe die politische Karriere aufgegeben, ich habe all mein angestammtes Vermögen, ein ganz neu erworbenes, verloren, das ich meinen Kindern hätte hinterlassen können: aber unser Haus wird nichts verloren haben, meine Söhne werden ausgezeichnete Männer sein. Wenn mir die Pairschaft entgangen ist, so werden sie sie in vornehmer Weise erobern, indem sie sich den Geschäften ihres Landes widmen und ihm Dienste leisten, die man nicht vergißt. Indem ich die Vergangenheit unseres Hauses reinwusch, habe ich ihm eine ruhmvolle Zukunft gesichert: habe ich damit nicht eine schöne Aufgabe erfüllt, wenn auch im Geheimen und ohne Ruhm? Haben Sie nun, mein Herr, noch andere Aufklärungen von mir zu verlangen?«

In diesem Moment erklang das Geräusch mehrerer Pferde im Hofe.

»Da sind sie,« sagte der Marquis.

Bald darauf traten die beiden jungen Leute, elegant aber einfach gekleidet, in den Salon, gestiefelt, gespornt, behandschuht und lustig ihre Reitpeitsche schwingend. Ihr belebtes Gesicht brachte die Frische der freien Luft mit, sie strahlten von Gesundheit. Beide kamen, um ihrem Vater die Hand zu drücken, wechselten mit ihm, wie zwischen Freunden, einen Blick voll stummer Zärtlichkeit und begrüßten den Richter kühl. Popinot hielt es für völlig überflüssig, den Marquis noch über seine Beziehungen zu seinen Söhnen zu befragen.

»Habt ihr euch gut amüsiert?« fragte sie der Marquis.

»Jawohl, lieber Vater. Ich habe zum erstenmal sechs Puppenköpfe mit zwölf Schüssen heruntergeholt!« sagte Camille.

»Wo seid ihr geritten?«

»Im Bois, wo wir unsere Mutter gesehen haben.«

»Hat sie halten lassen?« »Wir ritten gerade so schnell, daß sie uns jedenfalls nicht gesehen hat«, antwortete der junge Graf. »Aber warum habt ihr euch ihr nicht genähert?« »Ich habe zu bemerken geglaubt, lieber Vater, daß sie nicht öffentlich von uns angesprochen zu sein wünscht, sagte Clemens mit leiser Stimme. »Wir sind ihr ein bißchen zu groß geworden.«

Der Richter hatte ein genügend feines Ohr, um diesen Satz zu verstehen, der einige Wolken auf der Stirn des Marquis erscheinen ließ. Popinot gefiel sich darin, das Schauspiel zu betrachten, das Vater und die Kinder ihm darboten. Seine Augen kamen mit einer Art zärtlichem Ausdruck zu dem Gesicht des Herrn d'Espard zurück, dessen Züge, Haltung und Manieren ihm die Ehrenhaftigkeit in ihrer schönsten Form darstellten, die geistige und ritterliche Zuverlässigkeit, den Adel in all seiner Schönheit. »Sie, mein Herr, Sie sehen, sagte der Marquis, der wieder zu stottern begann, »Sie sehen, daß die Justiz hier jederzeit eintreten kann; ja jederzeit. Wenn es Verrückte gibt, wenn es Verrückte gibt, so sind es vielleicht nur die Kinder, die ein bißchen vernarrt in ihren Vater sind, und der Vater, der sehr vernarrt in seine Kinder ist; aber das ist eine Verrücktheit von gesunder Beschaffenheit.

In diesem Augenblick ließ sich die Stimme der Frau Jeanrenaud im Vorzimmer hören, und die gute Frau trat trotz der Vorhaltungen des Kammerdieners herein.

»Ich mache keine Umwege!« rief sie. »Jawohl, Herr Marquis,« sagte sie und machte eine Verbeugung vor der Gesellschaft, »ich muß sofort mit Ihnen reden. Wahrhaftig ich bin doch zu spät gekommen, hier ist ja schon der Herr Strafrichter.« »Strafrichter?« riefen die beiden Kinder.

»Es hat schon seinen guten Grund, daß ich Sie nicht zu Hause getroffen habe, da Sie ja hier sind. Ja, wahrhaftig, die Justiz ist immer da, wenn es sich darum handelt, Übles zu tun. Ich komme, Herr Marquis, um Ihnen zu sagen, daß ich mit meinem Sohn übereingekommen bin, Ihnen alles wiederzugeben, da es sich um unsere Ehre handelt, die bedroht ist. Mein Sohn und ich, wir wollen Ihnen lieber alles zurückgeben, als Ihnen den geringsten Kummer verursachen. Man muß in Wahrheit so dumm sein wie ein Topf ohne Henkel, um Sie entmündigen zu lassen...«

»Unsern Vater entmündigen?« riefen die beiden Kinder und drängten sich an den Marquis. »Was gibt es denn?«

»Still, Frau Jeanrenaud!« sagte Popinot.

»Laßt uns allein, Kinder«, sagte der Marquis.

Die beiden jungen Leute gingen in den Garten.

»Gnädige Frau,« sagte der Richter, »die Beträge, die der Herr Marquis Ihnen wieder zugestellt hat, stehen Ihnen rechtmäßig zu, obwohl sie Ihnen auf Grund einer sehr weit getriebenen Ehrenhaftigkeit wiedergegeben wurden. Wenn die Leute, die konfizierte Güter besitzen, aus welchem Grunde es auch immer sei, selbst infolge perfider Machenschaften, nach hundertfünfzig Jahren zur Rückgabe verpflichtet wären, dann würde sich in Frankreich wenig legitimer Besitz finden. Das Vermögen des Jacques Coeur hat zwanzig adlige Familien bereichert, die von den Engländern mißbräuchlich zugunsten ihrer Anhänger ausgesprochenen Konfiskationen, damals, als England einen Teil Frankreichs besaß, haben das Vermögen mehrerer vornehmer Häuser begründet. Unsere Gesetzgebung gestattet dem Herrn Marquis unentgeltlich über sein Einkommen zu verfügen, ohne daß er wegen Verschwendung angeklagt werden könnte. Die Entmündigung eines Menschen muß auf der Abwesenheit jeder Vernunft bei seinen Handlungen begründet sein; hier aber beruht der Anlaß für die Ihnen gemachten Rückzahlungen auf den heiligsten und ehrenhaftesten Gründen. Sie können also alles ohne Gewissensbisse behalten und die Welt eine so edle Handlung übel auslegen lassen. In Paris wird die reinste Tugend der Gegenstand schmutzigster Verleumdungen. Es ist traurig, daß der gegenwärtige Zustand unserer Gesellschaftsverhältnisse das Verhalten des Herrn Marquis so erhaben macht. Zur Ehre unseres Landes wünschte ich, daß ähnliche Handlungen nicht als etwas Besonderes angesehen würden; aber die Moral ist jetzt so, daß ich genötigt bin, im Vergleich mit andern Herrn d'Espard als einen Mann anzusehen, dem man eine Krone zuerkennen müßte, anstatt ihn mit einer Klage auf Entmündigung zu bedrohen. Während des ganzen Verlaufs meines langen richterlichen Lebens habe ich nichts gesehen noch gehört, was mich mehr erregt hätte als das, was ich soeben gesehen und gehört habe. Aber es liegt nichts so Außerordentliches darin, die Tugend in ihrer schönsten Form dort zu finden, wo sie von Männern ausgeübt wird, die zur höchsten Klasse gehören. Nachdem ich mich so über diesen Gegenstand ausgesprochen habe, hoffe ich, Herr Marquis, daß Sie meines Stillschweigens versichert sein werden und daß Sie keinerlei Beunruhigung bezüglich des Urteils, wenn eins gefällt werden sollte, zu haben brauchen.« »Na, Gott sei Dank!« sagte Frau Jeanrenaud, »das ist doch noch ein Richter! Sehen Sie, mein werter Herr, ich würde Sie umarmen, wenn ich nicht so häßlich wäre; Sie reden wie ein Buch.«

Der Marquis reichte Popinot die Hand, und Popinot drückte sie sanft mit der seinigen, indem er diesem großen Manne des Privatlebens einen Blick voll durchdringenden Einverständnisses zuwarf, auf den der Marquis mit einem liebenswürdigen Lächeln antwortete. Diese beiden Naturen, so voll und reich, der eine bürgerlich und erhaben, der andere adlig und großdenkend, hatten sich unmerklich geeinigt, ohne Gewalt, ohne Leidenschaftsausbruch, wie wenn zwei reine Flammen miteinander verschmelzen. Der Vater eines ganzen Bezirks fühlte sich würdig, die Hand dieses zwiefach adligen Mannes zu drücken, und der Marquis empfand tief im Herzen eine Bewegung, die ihm anzeigte, daß die Hand des Richters eine von denen war, aus der unaufhörlich Schätze unerschöpflichen Wohltuns entströmen.

»Herr Marquis,« fügte Popinot hinzu, indem er sich verabschiedete, »ich bin glücklich, Ihnen sagen zu können, daß ich nach den ersten Worten dieser Unterredung meinen Schreiber für überflüssig gehalten habe.« Dann näherte er sich dem Marquis, zog ihn in eine Fensterecke und sagte zu ihm:

»Es ist Zeit, daß Sie nach Hause zurückkehren, mein Herr; ich glaube daß in dieser Sache die Frau Marquise Einflüsse geltend macht, die Sie schon von heute ab bekämpfen müssen.«

Popinot entfernte sich, drehte sich mehrmals im Hofe und auf der Straße um und fühlte sich im Gedanken an diese Szene gerührt. Sie gehörte zu den Eindrücken, die sich tief ins Gedächtnis einpflanzen, um in gewissen Stunden, wenn die Seele Trost sucht, wieder aufzublühen.

»Diese Wohnung würde mir gut gefallen«, sagte er sich, als er nach Hause kam.

Am nächsten Tage, gegen zehn Uhr morgens, ging Popinot, der am Abend vorher seinen Bericht abgefaßt hatte, in den Justizpalast in der Absicht, prompt und richtig Recht zu sprechen. Als er in die Garderobe trat, um seine Robe und seine Krause anzulegen, sagte ihm der Saaldiener, daß der Gerichtspräsident ihn bäte, in sein Arbeitszimmer zu kommen, wo er auf ihn warte. Popinot begab sich sogleich dorthin.

»Guten Tag, mein lieber Popinot«, sagte der Richter und führte ihn in eine Fensternische.

»Handelt es sich um eine wichtige Sache, Herr Präsident?«

»Eine Albernheit«, sagte der Präsident. »Der Großsiegelbewahrer, mit dem ich gestern zu speisen die Ehre hatte, hat mich in einer Ecke beiseite genommen. Er hat erfahren, daß Sie bei Madame d'Espard den Tee genommen haben anläßlich der Angelegenheit, mit der Sie betraut worden waren. Er hat mir zu verstehen gegeben, daß es schicklicher wäre, wenn Sie in dieser Sache nicht mitsäßen...«

»Oh, Herr Präsident, ich kann Ihnen versichern, daß ich in dem Moment Madame d'Espard verlassen habe, wo der Tee serviert wurde; übrigens ist mein Gewissen...«

»Jawohl, jawohl,« sagte der Präsident, »das ganze Tribunal, der Gerichtshof, der Justizpalast kennen Sie ja; ich will Ihnen nicht wiederholen, was ich einer Exzellenz gesagt habe; aber Sie wissen doch: Cäsars Gattin darf auch nicht einmal beargwöhnt werden. Deshalb wollen wir auch aus dieser Albernheit kein Disziplinarsache machen, sondern eine Taktfrage. Unter uns gesagt, es handelt sich weniger um Sie, als um das Tribunal.«

»Aber, Herr Präsident, wenn Sie die Sache kennen würden«, sagte der Richter und versuchte seinen Bericht aus der Tasche zu ziehen.

»Ich bin im voraus davon überzeugt, daß Sie in dieser Affäre die strengste Unparteilichkeit bewahrt haben. Und ich selbst habe als einfacher Richter in der Provinz oftmals mehr als eine Tasse Tee bei Leuten genommen, über die ich zu Gericht zu sitzen hatte, aber es genügt, daß der Großsiegelbewahrer davon gesprochen hat, daß man über Sie reden kann, um das Tribunal eine Diskussion darüber vermeiden zu lassen. Jeder Konflikt mit der öffentlichen Meinung ist für eine Körperschaft immer gefährlich, selbst wenn sie im Recht gegen sie ist, weil die Waffen nicht gleich sind. Der Journalismus kann alles sagen, alles annehmen; unsere Würde untersagt uns alles, selbst eine Antwort. Übrigens habe ich schon mit Ihrem Präsidenten gesprochen, und Herr Camulot ist eben mit der Berichterstattung, die Sie geben wollten, beauftragt worden. Das ist eine unter uns vereinbarte Sache; ich verlange Ihre Absage als einen persönlichen Dienst, und als Entgelt sollen Sie das Kreuz der Ehrenlegion erhalten, das man Ihnen schon seit langer Zeit schuldig ist. Das soll meine Sache sein. Als er Herrn Camulot erblickte, einen Richter, der kürzlich von einem Provinzgericht nach Paris versetzt war und vortrat, um ihn zu begrüßen, konnte Popinot ein ironisches Lächeln nicht zurückhalten. Dieser blonde, blasse junge Mann, voll heimlichen Ehrgeizes, schien ebenso bereit, je nach dem Belieben der Könige der Erde, die Unschuldigen wie die Schuldigen zu hängen oder freizusprechen, und eher dem Beispiel der Laubardemont als der Molé zu folgen. Popinot zog sich mit einem Gruße zurück und verschmähte es, die gegen ihn vorgebrachte lügnerische Anschuldigung aufzuklären.

Über tredition

Eigenes Buch veröffentlichen

tredition wurde 2006 in Hamburg gegründet und hat seither mehrere tausend Buchtitel veröffentlicht. Autoren veröffentlichen in wenigen leichten Schritten gedruckte Bücher, e-Books und audio-Books. tredition hat das Ziel, die beste und fairste Veröffentlichungsmöglichkeit für Autoren zu bieten.

tredition wurde mit der Erkenntnis gegründet, dass nur etwa jedes 200. bei Verlagen eingereichte Manuskript veröffentlicht wird. Dabei hat jedes Buch seinen Markt, also seine Leser. tredition sorgt dafür, dass für jedes Buch die Leserschaft auch erreicht wird.

Im einzigartigen Literatur-Netzwerk von tredition bieten zahlreiche Literatur-Partner (das sind Lektoren, Übersetzer, Hörbuchsprecher und Illustratoren) ihre Dienstleistung an, um Manuskripte zu verbessern oder die Vielfalt zu erhöhen. Autoren vereinbaren direkt mit den Literatur-Partnern die Konditionen ihrer Zusammenarbeit und partizipieren gemeinsam am Erfolg des Buches.

Das gesamte Verlagsprogramm von tredition ist bei allen stationären Buchhandlungen und Online-Buchhändlern wie z. B. Amazon erhältlich. e-Books stehen bei den führenden Online-Portalen (z. B. iBookstore von Apple oder Kindle von Amazon) zum Verkauf.

Einfach leicht ein Buch veröffentlichen: **www.tredition.de**

Eigene Buchreihe oder eigenen Verlag gründen

Seit 2009 bietet tredition sein Verlagskonzept auch als sogenanntes "White-Label" an. Das bedeutet, dass andere Unternehmen, Institutionen und Personen risikofrei und unkompliziert selbst zum Herausgeber von Büchern und Buchreihen unter eigener Marke werden können. tredition übernimmt dabei das komplette Herstellungs- und Distributionsrisiko.

Zahlreiche Zeitschriften-, Zeitungs- und Buchverlage, Universitäten, Forschungseinrichtungen u.v.m. nutzen diese Dienstleistung von tredition, um unter eigener Marke ohne Risiko Bücher zu verlegen.

Alle Informationen im Internet: **www.tredition.de/fuer-verlage**

tredition wurde mit mehreren Innovationspreisen ausgezeichnet, u. a. mit dem Webfuture Award und dem Innovationspreis der Buch Digitale.

tredition ist Mitglied im Börsenverein des Deutschen Buchhandels.

Dieses Werk elektronisch lesen

Dieses Werk ist Teil der Gutenberg-DE Edition DVD. Diese enthält das komplette Archiv des Projekt Gutenberg-DE. Die DVD ist im Internet erhältlich auf **http://gutenbergshop.abc.de**

Zeitfracht Medien GmbH
Ferdinand-Jühlke-Straße 7
99095 Erfurt, Deutschland
produktsicherheit@kolibri360.de